이반 일리치의 죽음 · 광인의 수기

이반 일리치의 죽음 · 광인의 수기

Смерть Ивана Ильича · Записки сумасшедшего

레프 똘스또이 중단편집   석영중 · 정지원 옮김

SMERT' IVANA IL'ICHA · ZAPISKI SUMASSHEDSHEGO
by LEV TOLSTOI (1886, 1912)

일러두기

1. 러시아어의 로마자 표기와 우리말 표기는 〈열린책들〉에서 정한 표기안을 따랐다.
2. 번역 원본으로는 L. Tolstoi, *Polnoe sobranie sochinenii v 90 tomakh* (Moskva: Terra, 1992)를 사용했다.

이 책은 실로 꿰매어 제본하는 정통적인 사철 방식으로 만들어졌습니다.
사철 방식으로 제본된 책은 오랫동안 보관해도 손상되지 않습니다.

이반 일리치의 죽음

1

커다란 법원 건물에서 멜빈스끼 사건을 심리하던 판사들과 검사들은 휴정 시간이 되자 이반 예고로비치 셰베끄의 집무실에 모여 세간을 떠들썩하게 만든 끄라소프 사건에 대해 쑥덕거리기 시작했다. 표도르 바실리예비치는 이 사건이 법원의 소관이 될 수 없다고 증거를 대어 가며 열을 올렸고, 이반 예고로비치는 제 나름의 의견을 꿋꿋이 고수했다. 반면 처음부터 논쟁에 끼어들지 않았던 뾰뜨르 이바노비치는 두 사람의 대화는 안중에 없다는 듯 막 배달된 『베도모스찌』지를 뒤적거렸다.

「여러분!」 그가 말했다. 「이반 일리치가 죽었다네요.」

「정말이에요?」

「여기 좀 읽어 보세요.」 그는 방금 찍어 내어 잉크 냄새가 채 가시지 않은 신문을 표도르 바실리예비치에게 건네며 말했다.

까맣게 테두리가 쳐진 칸에 다음과 같은 부고가 실려

있었다. 〈쁘라스꼬비야 표도로브나 골로비나는 사랑하는 남편이자 고등 법원 판사인 이반 일리치 골로빈이 1882년 2월 4일 운명했음을 비통한 마음으로 친지들께 전합니다. 발인은 금요일 오후 1시입니다.〉

이반 일리치는 이곳에 모인 사람들의 동료로, 모두가 그를 좋아했다. 그는 벌써 몇 주 전부터 병상에 누워 있었다. 불치병이라고들 했다. 그동안 이반 일리치의 자리는 공석으로 유지되고 있었지만, 그가 사망할 경우 알렉세예프가 그 자리를 차지하고, 알렉세예프의 자리는 빈니꼬프나 시따벨이 차지하게 될 것이라는 소문이 나돌고 있었다. 그런 까닭에 셰베끄의 집무실에 모여 있던 신사들이 이반 일리치의 부고를 전해 듣자마자 가장 먼저 떠올린 생각은 이 죽음이 자신과 지인들의 인사이동이나 승진에 어떤 영향을 미칠지에 관한 것이었다.

〈음, 이제 내가 시따벨이나 빈니꼬프의 자리로 가겠군.〉 표도르 바실리예비치는 생각했다. 〈오래전부터 내 자리로 내정되어 있었으니까. 이번 승진으로 연봉이 한 8백 루블 정도 오르고 새 사무실도 나오겠지.〉

〈처남이 깔루가에서 이쪽으로 올 수 있도록 청탁을 좀 넣어 봐야겠군.〉 뾰뜨르 이바노비치는 이렇게 생각했다. 〈마누라가 좋아서 난리를 치겠군. 내가 여태까지 처가를 위해서 한 게 아무것도 없다는 소리는 쏙 들어가겠지.〉

「회복하기 어려울 거라고 생각은 했지만, 참 안타깝네

요.」 뾰뜨르 이바노비치가 큰 소리로 말했다.

「정확한 병명이 뭐랍니까?」

「의사들도 정확한 진단을 내리지 못했다더군요. 아니, 진단을 하기는 했는데 그게 의사들마다 모두 제각각이었답디다. 지난번에 이반 일리치를 마지막으로 봤을 때만 해도 병세가 좀 나아지나 싶었는데 말입니다.」

「저는 명절 이후로는 한 번도 못 가봤습니다. 가본다고 벼르기만 했지요.」

「근데 그 양반 재산은 좀 있답니까?」

「모르긴 몰라도 부인 앞으로 좀 있을 겁니다. 그래 봐야 몇 푼 안 되겠지만 말입니다.」

「그렇군요. 한번 가보기는 해야겠습니다. 헌데 그 집이 웬만히 멀어야지요.」

「그거야 당신 집에서는 그렇겠지요. 당신 집에서는 어디든 다 머니까요.」

「저 양반은 내가 강 건너 산다는 게 용서가 안 되나 보외다.」 뾰뜨르 이바노비치가 셰베끄를 향해 씩 웃으며 말했다. 그러고서 그들은 시내 이 구간 저 구간의 거리 얘기를 조금 더 하다가 다시 법정으로 들어갔다.

동료의 죽음이 사람들의 머릿속에 불러일으킨 것은 그로 인해 가능해진 자리 이동이나 직위 변경에 대한 생각만은 아니었다. 그들은 가까운 지인의 사망 소식을 접하면 으레 그렇듯이 죽은 것은 자기가 아닌 그 사람이라는 데에서 모종의 기쁨을 느꼈다.

〈어쩌겠어, 죽은 걸. 어쨌든 나는 아니잖아.〉 모두들 이렇게 생각하거나 느꼈다. 이반 일리치와 아주 가까웠던 이른바 친구들이란 사람들은 그러면서도 이제 예절이라는 이름의 대단히 지겨운 의무를 완수하기 위해 추도식에 참석하고 미망인에게 심심한 조의를 표해야만 한다는 사실을 부지불식간에 상기했다.

표도르 바실리예비치와 뾰뜨르 이바노비치는 그 누구보다도 고인과 가까웠다.

특히 뾰뜨르 이바노비치는 이반 일리치의 법대 동기로, 그에게 많은 신세를 졌다고 생각하곤 했다.

뾰뜨르 이바노비치는 식사하는 자리에서 아내에게 이반 일리치의 사망 소식을 전하면서 어쩌면 처남을 자기네 쪽 지구로 불러올 수도 있겠다고 말한 뒤 한숨 돌릴 여유도 없이 프록코트로 갈아입고는 부랴부랴 이반 일리치의 집으로 향했다.

이반 일리치의 집 앞에는 사륜마차 한 대와 이륜마차 두 대가 서 있었다. 아래층 현관 옷걸이 옆에는 금박을 입힌 레이스와 금술로 장식된 번쩍거리는 관 뚜껑이 벽에 기대 세워져 있었다. 마침 검은 옷의 부인 두 명이 외투를 벗고 있었다. 한 사람은 이반 일리치의 여동생으로 그와도 안면이 있는 사이였고, 다른 한 사람은 처음 보는 부인이었다. 뾰뜨르 이바노비치의 동료인 시바르쯔가 위층에서 내려오다가 막 들어오는 그를 보고는 계단 위쪽에 멈춰 서서 눈을 찡긋해 보였다. 그 눈은 마치 〈이반 일리치는 참 바보같이 살다 갔네요. 허나 우린 그 양반과는 다르지요〉라고 말하는 듯했다.

영국식으로 턱수염을 기르고 비쩍 마른 체격에 프록 코트를 걸친 시바르쯔의 모습은 항상 그렇듯 근엄하고도 우아한 기색을 풍겼다. 시바르쯔의 경박한 성격과는 전혀 안 어울리는 근엄함이 이 자리에서만큼은 아주 그럴듯해 보인다고 뾰뜨르 이바노비치는 생각했다.

뾰뜨르 이바노비치는 부인들이 앞서갈 수 있도록 비켜섰다가 그들의 뒤를 따라 천천히 계단을 걸어 올라갔다. 시바르쯔는 아래로 내려오지 않고 위쪽 계단에 그대로 멈춰 서 있었다. 뾰뜨르 이바노비치는 그 이유를 알아차렸다. 분명 오늘 밤 빈트 게임[1]을 어디서 하면 좋을지 얘기하고 싶은 것이리라. 부인들은 미망인을 만나러 계단을 올라갔고 시바르쯔는 짐짓 심각한 표정으로 입을 꾹 다문 채 뾰뜨르 이바노비치를 향해 장난기 섞인 눈길로 눈썹을 꿈틀하여 고인이 안치되어 있는 오른쪽 방을 가리켰다.

이런 자리에서라면 누구나 그렇듯이, 뾰뜨르 이바노비치 역시 무엇을 어떻게 하면 좋을지 몰라 주저하면서 방 안으로 들어갔다. 그는 다만 이런 경우 성호 긋는 동

1 네 명이서 하는 카드 게임의 일종.

작을 취한다고 해서 손해 볼 것이 없다는 사실 하나만은 알고 있었다. 그러나 허리를 굽혀 절도 함께 해야 하는지는 아무래도 확실치가 않아서 절충안을 택하기로 했다. 방에 들어가면서 손으로 성호를 긋는 동시에 은근슬쩍 고개를 숙여 절을 하는 것 비슷한 자세를 취했다. 손과 머리의 움직임이 허용되는 범위 안에서 뾰뜨르 이바노비치는 방 안을 슬쩍 둘러보았다. 이반 일리치의 조카쯤 되어 보이는 두 명의 소년이 성호를 그으며 방에서 나가고 있었는데, 한 아이는 중학생 같았다. 붙박인 듯 자리에 서 있는 노파도 있었다. 옆에서는 눈썹이 이상하게 치켜 올라간 어느 부인이 노파에게 귓속말로 무언가 속닥거리고 있었다. 예복을 입은 건장하고 단호한 표정의 부제(副祭)는 그 어떤 이의도 용납하지 않겠다는 듯이 쩌렁쩌렁 울리는 목소리로 무언가를 읽고 있었다. 주방 일을 돕는 하인 게라심이 뾰뜨르 이바노비치의 앞을 조심스럽게 지나가면서 바닥에 무언가를 뿌렸다. 그걸 본 뾰뜨르 이바노비치의 코에 시신이 부패하는 냄새가 희미하게 와 닿았다. 그가 이반 일리치의 집을 마지막으로 방문했던 날, 그는 서재에서 이 하인을 본 적이 있었다. 하인은 정성껏 환자의 시중을 들고 있었는데, 이반 일리치는 그런 그를 각별히 좋아하는 것 같았다. 뾰뜨르 이바노비치는 연신 성호를 그으며 관과 부제, 그리고 구석 테이블에 놓인 성상의 중간쯤 되는 지점을 향해 가볍게 절을 했다. 그러다가 성호를 지나치게 오랫동안 긋고 있는 건 아닌가 하는 생각이 들어 동작을 멈추고 고인을 유심히 살펴보기 시작했다.

망자가 으레 그러하듯 고인 역시 죽은 사람답게 각별하게 묵직한 모습으로 누워 있었다. 뻣뻣하게 굳은 팔다리는 천에 감긴 채 관 속에 푹 잠겨 있었고, 영원히 들지 못할 머리는 베개에 뉘여 있었다. 훤하게 드러난 누런 밀랍빛 이마와 움푹 꺼진 관자놀이, 윗입술을 내리누를 듯이 위로 우뚝 솟아오른 코 역시 죽은 사람다웠다. 바싹 야윈 고인의 외관은 뾰뜨르 이바노비치가 마지막으로 보았을 때와 많이 달라 보였다. 그러나 죽은 사람의 얼굴이 으레 그러하듯 이반 일리치의 얼굴은 살아 있을 때보다 한결 잘생겨 보였고 무엇보다도 훨씬 더 의미심장해 보였다. 그의 얼굴은 마치 해야 할 일을 다 했고 또 제대로 했다고 말하고 있는 듯했다. 뿐만 아니라 그의 표정에는 산 자를 향한 모종의 비난과 경고까지 담겨 있었다. 뾰뜨르 이바노비치에게는 그러한 경고가 부적절한 것으로, 적어도 자신과는 관련이 없는 것으로 여겨졌다. 왠지 불쾌해진 뾰뜨르 이바노비치는 다시 한번 서둘러 성호를 긋고는, 자신이 생각해도 예의에 어긋날 정도로 재빨리 몸을 돌려 문을 향해 걸어갔다. 시바르쯔는 연결된 방에서 다리를 벌리고 선 채 뒷짐을 진 두 손으로 실크해트를 만지작거리며 뾰뜨르 이바노비치를 기다리고 있었다. 장

난스럽고, 말쑥하고, 우아한 모습의 시바르쯔를 보는 것
만으로도 뾰뜨르 이바노비치는 기분이 상쾌해졌다. 시바
르쯔라는 인간은 이런 상황에 초연할 뿐 아니라 마음을
무겁게 하는 그 어떤 일에도 전혀 휘둘리지 않는 것 같았
다. 그의 모습은 이렇게 말하고 있었다. 〈이반 일리치의
추도식 건은 법정 관례를 깨뜨릴 만한 충분한 사유가 못
돼요. 요컨대, 오늘 저녁 하인이 새 양초 네 개를 가져다
놓을 때 우리가 새 카드 한 벌을 뜯어 섞는 것을 그 어떤
것도 방해할 수 없다는 뜻이죠. 대체로 이 사건이 우리가
오늘 저녁 또한 즐겁게 보내는 걸 방해할 수 있다고 상정
할 근거는 없답니다.〉 시바르쯔는 실제로 지나가는 뾰뜨
르 이바노비치에게 귓속말로 이렇게 속삭이며 표도르 바
실리예비치 집에서 한판 하기로 했으니 그리로 오라고
했다. 그러나 뾰뜨르 이바노비치는 오늘 저녁 빈트 게임
을 할 운명이 못 되는 듯했다. 미망인 쁘라스꼬비야 표도
로브나가 다른 부인들과 함께 자기 방에서 나와 그들을
고인이 안치된 방으로 안내하면서 말했다. 「이제 추도식
이 시작됩니다. 들어가시지요.」 작달막하고 우둥퉁한 미
망인은 어떻게든 날씬해 보이려고 애썼지만 어깨 아래로
펑퍼짐해지는 몸매를 감출 수 없었다. 온통 검은색 상복
을 입고 머리에는 레이스 베일을 쓰고 있었는데 관 맞은
편에 서 있던 부인처럼 눈썹이 이상하게 치켜 올라가 있
었다.

시바르쯔는 이 제안을 받아들이는 것도, 거절하는 것도 아닌 애매한 목례를 하면서 그냥 제자리에 서 있었다. 뾰뜨르 이바노비치를 알아본 쁘라스꼬비야 표도로브나가 한숨을 내쉬더니 그에게 바싹 다가와 그의 손을 잡으며 말했다.

「그이의 절친한 친구분이시지요……」 그녀는 이 말에 상응하는 행동을 기대한다는 듯이 그를 바라보았다.

뾰뜨르 이바노비치는 아까 저기서 성호를 그어야 했다면, 이제 여기서는 손을 마주 잡고 한숨을 내쉬며 〈여부가 있겠습니까요〉라고 말해야 한다는 걸 알고 있었다. 그래서 그는 그렇게 행동했다. 그렇게 행동한 그는 바라던 결과가 나왔다고 생각했다. 즉, 그도 감격하고 그녀도 감격한 것이다.

「이쪽으로 오시지요. 시작되려면 아직 시간이 조금 있어요. 선생님께 긴히 드릴 말씀이 있답니다.」 미망인이 말했다. 「팔을 좀 주시겠어요?」

뾰뜨르 이바노비치는 팔을 내밀었고 두 사람은 뾰뜨르 이바노비치를 향해 슬픈 듯이 눈을 끔벅이는 시바르쯔를 지나 방 안으로 들어갔다. 시바르쯔의 익살맞은 시선은 〈빈트 게임은 물 건너갔군요! 다른 사람으로 채워 넣어도 원망은 하지 마세요. 뭐, 빠져나올 수 있으면 오고요. 다섯이서 해도 되니까요〉라고 말하고 있었다.

뾰뜨르 이바노비치는 더 깊고 더 슬프게 한숨을 내쉬

었고 쁘라스꼬비야 표도로브나는 감사의 표시로 그의 팔
을 힘주어 꼭 잡았다. 그들은 장밋빛 크레톤 사라사 천으
로 꾸며진 침침한 응접실로 들어가 탁자를 사이에 두고
자리를 잡았다. 그녀는 소파에, 뾰뜨르 이바노비치는 등
받이가 없는 낮고 푹신한 의자에 앉았는데, 의자의 스프
링이 망가져서 앉아 있기가 영 불편했다. 쁘라스꼬비야
표도로브나는 그에게 다른 의자에 앉으라고 권하려 하다
가, 자기 처지에 그런 배려까지 한다는 게 어쩐지 어울리
지 않는 것 같아 그만두었다. 의자에 앉으면서, 뾰뜨르
이바노비치는 이반 일리치가 이 응접실을 꾸미면서 그에
게 녹색 잎사귀가 그려진 바로 이 장밋빛 사라사 천에 대
해 조언을 구하던 일을 떠올렸다. 미망인이 소파에 앉으
려고 탁자 옆을 지나갈 때(응접실은 온갖 물건과 가구로
가득 차 있었다) 그녀의 검은 망토에 달린 검은 레이스
단이 탁자 장식에 걸리고 말았다. 뾰뜨르 이바노비치가
도와주려고 엉덩이를 드는 순간, 그의 무게에서 해방된
의자가 부르르 떨며 그를 밀어냈다. 미망인이 스스로 레
이스를 떼어 내려 하는 것을 본 뾰뜨르 이바노비치는 부
풀어 오른 의자를 꾹 누르며 다시 깔고 앉았다. 그러나
미망인은 결국 레이스를 떼어 내지 못했고 뾰뜨르 이바
노비치가 자리에서 일어나자 의자는 또다시 저항하며 심
지어 끽끽대는 소리까지 질러 댔다. 상황이 정리되자 미
망인은 깨끗한 린넨 손수건을 꺼내 들고는 훌쩍이기 시

작했다. 그러나 레이스 사건 및 의자와 벌인 싸움으로 김이 새버린 뾰뜨르 이바노비치는 미간을 찌푸린 채 그냥 앉아 있었다. 이 어색한 자리는 이반 일리치의 집사 소꼴로프가 들어온 덕분에 부드러워졌다. 그는 쁘라스꼬비야 표도로브나에게 그녀가 점찍어 둔 묏자리를 사려면 2백 루블이 든다고 보고했다. 훌쩍임을 멈춘 그녀는 희생양이 된 표정으로 뾰뜨르 이바노비치를 바라보더니 프랑스어로 너무 힘들다고 말했다. 뾰뜨르 이바노비치는 어쩔 수 없는 처지를 십분 이해한다는 무언의 신호를 보내 주었다.

「담배 한 대 태우시지요.」 그녀는 관대하면서도 낙심한 듯한 목소리로 말한 뒤 소꼴로프와 묏자리 가격을 의논하기 시작했다. 담배를 피우는 뾰뜨르 이바노비치의 귀에 땅값에 대해 이것저것 신중히 따져 묻고는 그중에서 제일 적당한 것으로 고르는 미망인의 목소리가 들려왔다. 묏자리를 정한 뒤에도 미망인은 성가대에 관해 이런저런 지시를 내렸다. 소꼴로프는 방에서 나갔다.

「모든 걸 이렇게 제가 직접 처리한답니다.」 쁘라스꼬비야 표도로브나는 탁자 위에 있던 앨범들을 한쪽으로 치우며 뾰뜨르 이바노비치에게 말했다. 그녀는 담뱃재가 탁자에 떨어지려 하자 잽싸게 뾰뜨르 이바노비치의 앞에 재떨이를 밀어 놓으며 말을 이었다. 「너무 슬퍼서 실질적인 일을 못 한다는 건 위선이라고 생각해요. 아니, 오히려, 위로받을 수 없다면 차라리…… 그이를 위한 일에……
신경을 쓰는 게 도움이 될 것 같아요.」 그녀는 다시 울음
을 터뜨리려는 듯 손수건을 집어 들다가 갑자기 마음을
단단히 먹어야겠다는 듯이 몸을 추스르고는 차분하게 말
을 꺼냈다.

「사실은 선생님께 상의드릴 게 있어요.」

뾰뜨르 이바노비치는 엉덩이 아래에서 꿈틀거리는 의
자의 스프링을 제어하면서 조심스럽게 고개를 끄덕였다.

「마지막 며칠 동안에 그이는 너무나도 고통스러워했
어요.」

「많이 힘들어했던가요?」 뾰뜨르 이바노비치가 물었다.

「얼마나 끔찍하던지요! 마지막에는 몇 분이 아니라 몇
시간 동안 계속 소리를 질렀어요. 사흘 밤낮을 내리, 똑
같은 소리로 비명을 질렀어요. 저는 정말 견딜 수가 없었
어요. 그걸 어떻게 견뎌 냈는지 저도 모르겠어요. 방문
세 개를 넘어서까지 비명 소리가 들렸어요. 아! 제가 그
걸 어떻게 다 견뎌 낸 건지!」

「그런데 의식은 있었습니까?」 뾰뜨르 이바노비치가
물었다.

「그럼요.」 그녀가 중얼거리듯 대답했다. 「마지막 순간
까지도 의식이 있었어요. 임종하기 15분 전에는 우리에
게 작별을 고하고는 볼로자를 데리고 나가라는 부탁까지
했어요.」

철부지 소년 시절과 학창 시절의 친구이자 어른이 되어서는 직장 동료로 가까이 알고 지냈던 사람이 고통을 당했다는 사실을 상기하자 자신과 앞에 앉은 이 여성의 위선이 불쾌하게 느껴졌음에도 불구하고 뾰뜨르 이바노비치는 갑자기 무서운 생각이 들었다. 이반 일리치의 입술을 찍어 누를 듯 우뚝 솟은 코와 이마가 눈앞에 떠오르자 더럭 겁이 났다.

〈사흘 밤낮을 끔찍한 고통에 시달리다가 죽었다. 이건 언제라도, 지금 당장에라도 내게 닥칠 수 있는 일이다.〉 이렇게 생각하자 뾰뜨르 이바노비치는 일순간 소름이 쭉 끼쳤다. 그러나 그건 이반 일리치에게 일어난 일이지 나에게 일어난 일이 아니다, 나에게는 일어나서도 안 되며 일어날 수도 없다, 시바르쯔의 얼굴 표정이 분명히 보여주듯이 나는 쓸데없이 우울한 기분에 빠져 있을 뿐이다, 하는 지극히 상식적인 생각이 부지불식간에 그의 머릿속에 떠올라 그를 위로해 주었다. 이렇게 생각을 정리하고 나자 뾰뜨르 이바노비치는 한결 마음이 편해져서 이반 일리치의 임종에 대해 관심을 가지고 자세히 물어보기 시작했다. 마치 죽음이란 이반 일리치에게만 닥친 특별한 사건일 뿐, 자신과는 아무런 상관도 없다는 듯이.

미망인은 이반 일리치가 실제로 겪은 끔찍한 육체적 고통을 소상하게 주워섬기더니(자세한 설명을 통해 뾰뜨르 이바노비치가 알게 된 것은 이반 일리치의 고통이 미망인의 신경을 너무나 자극해 그녀가 무척 힘들었다는 사실이었다) 이제는 본론으로 들어가야겠다고 판단한 것 같았다.

「아, 뾰뜨르 이바노비치, 너무 힘들어요, 너무 끔찍해요, 정말 힘들어요.」그녀는 또다시 울음을 터뜨렸다.

뾰뜨르 이바노비치는 한숨을 푹 내쉬고는 그녀가 코를 풀기를 기다렸다. 그녀가 코를 다 풀자, 그는 말문을 열었다. 「여부가 있겠습니까…….」그러자 그녀는 비로소 그에게 정작 말하고 싶었던 용건을 꺼냈다. 그 용건이란, 남편의 사망 시 국가에서 지원금을 받아 낼 수 있는 방법이 어떤 것이 있는가에 관한 것이었다. 그녀는 뾰뜨르 이바노비치에게 연금에 관한 조언을 구하는 척했다. 하지만 분명 미망인은 이미 아주 세세한 부분은 물론 심지어 뾰뜨르 이바노비치도 잘 모르는 정보까지 모조리 꿰뚫고 있었다. 그녀는 남편의 죽음을 빌미로 국가에서 받아 낼 수 있는 모든 지원금의 종류를 알고 있었지만 그래도 혹시 돈을 더 긁어낼 수 있는 방법이 없는지를 알아내고 싶었던 것이다. 뾰뜨르 이바노비치는 짐짓 생각해 보려고 애쓰는 척하다가 예의상 정부의 인색함을 비난하고는 더 이상의 방법은 없을 것 같다고 말해 주었다. 그러자 그녀는 한숨을 내쉬었다. 이제는 어떻게 하면 이 조문객을 떨쳐 버릴까 궁리하는 눈치가 역력했다. 이를 알아차린 뾰뜨르 이바노비치는 담뱃불을 끈 다음 자리에서 일어나 미망인의 손을 한 번 잡아 준 후 다른 방으로 갔다.

　이반 일리치가 골동품 가게에서 구입했다며 그토록 좋아하던 시계가 걸려 있는 식당에서, 뾰뜨르 이바노비치는 사제와 추도식에 참석하러 온 몇몇 지인들, 그리고 전부터 알고 있던 이반 일리치의 딸과 만났다. 이제는 아름다운 숙녀로 자란 딸은 온통 검은색 옷으로 휘감고 있었다. 워낙 가느다란 허리가 더욱 가늘어 보였다. 그녀는 침울하면서도 단호한, 거의 분노한 듯한 표정을 짓고 있었다. 그녀는 무슨 죄지은 사람 대하듯 뾰뜨르 이바노비치에게 인사했다. 그녀의 뒤로는 똑같이 못마땅한 표정을 짓고 있는 젊은이가 서 있었는데, 그는 뾰뜨르 이바노비치와도 안면이 있는 부유한 예심 판사로, 듣기로는 그녀의 약혼자라고 했다. 그가 숙연한 태도로 그들과 인사를 나눈 후, 고인이 안치된 방으로 가려 할 때 계단 아래쪽에서 이반 일리치를 섬뜩하도록 빼닮은 중학생 아들이 나타났다. 그 모습은 뾰뜨르 이바노비치가 기억하는 법률 학교 시절의 소년 이반 일리치 그대로였다. 울어서 퉁퉁 부은 두 눈은 순수함을 잃어버린, 열서너 살 된 남자아이들에게서 자주 볼 수 있는 그런 눈이었다. 뾰뜨르 이바노비치를 본 아이는 시무룩한 표정을 짓더니 창피한 듯 얼굴을 찌푸렸다. 뾰뜨르 이바노비치는 그에게 고개를 끄덕여 주고는 고인이 있는 방으로 들어갔다. 추도식이 시작되었다. 촛불, 신음 소리, 향냄새, 눈물과 흐느낌이 뒤따랐다. 뾰뜨르 이바노비치는 미간을 잔뜩 찌푸린 채 자신의 발만 보며 서 있었다. 그는 단 한 번도 고인 쪽으로 시선을 주지 않았고 추도식이 끝날 때까지 마음을 약하게 만드는 그 어떤 자극에도 굴하지 않았으며 가장 먼저 자리를 뜨는 사람들 틈에 섞여 방을 나왔다. 현관에는 아무도 없었다. 주방 하인 게라심이 고인의 방에서 뛰어나와 투박한 손으로 손님들 외투를 일일이 들춰 보고는 뾰뜨르 이바노비치의 외투를 찾아 건네주었다.

「그래, 게라심, 좀 어떤가?」 뾰뜨르 이바노비치는 무슨 말이라도 해야 할 것 같아 이렇게 물었다. 「슬프지?」

「다 하느님의 뜻이지요. 우리도 결국은 모두 그곳에 갈 텐데요, 뭐.」 게라심은 농부다운 하얗고 가지런한 이빨을 드러내 보이며 말했다. 그는 바쁘게 일하는 데 이골이 난 사람답게 활기차게 문을 열어젖히고 큰 소리로 마부를 불러 뾰뜨르 이바노비치를 마차에 태운 다음 아직 할 일이 많다는 듯이 휙 돌아서서 현관 계단 쪽으로 뛰어갔다.

향냄새, 시신에서 나는 냄새, 그리고 석탄산 냄새에 젖었다가 밖으로 나와 신선한 공기를 마시자 뾰뜨르 이바노비치는 비로소 살 것 같았다.

「어디로 모실까요?」 마부가 물었다.

「별로 안 늦었군. 표도르 바실리예비치 댁으로 가세.」

뾰뜨르 이바노비치를 태운 마차는 한달음에 목적지까

지 달려갔다. 실제로 그는 첫 번째 판이 막 끝날 무렵 도
착했다. 그를 포함한 다섯 명이 새 판을 시작하기에 딱
좋은 타이밍이었다.

2

이반 일리치의 삶은 지극히 단순하고 평범했으며, 그
래서 대단히 끔찍한 것이었다.

이반 일리치는 고등 법원 판사로 재직하던 중 마흔다
섯의 나이로 세상을 떠났다. 그는 관리의 아들이었다. 그
의 아버지는 뻬쩨르부르끄의 여러 관청과 부서를 두루
거치며 출세 가도를 달린 사람이었는데 사실 이 출세라
는 것은 중요한 직무를 수행할 능력이 없다는 게 분명히
입증되었는데도 불구하고 오랜 근속 연수와 관등 덕에
쫓겨나지 않고 자리를 보존하는 것을 의미했다. 이런 부
류들은 그들을 위해 고안된 허구의 자리에 죽치고 앉아
6천에서 1만 루블에 이르는 허구가 아닌 돈을 받아 가며
그 돈으로 지긋한 나이까지 살아남게 마련이다.

3등 문관 일리야 예피모비치 골로빈은 바로 그런 사
람, 즉 온갖 쓸데없는 기관의 쓸데없는 관직을 떡하니 차
지하고 있던 인물이었다.

그는 슬하에 아들을 셋 두었는데 이반 일리치는 그중 둘째였다. 첫째는 근무지만 다를 뿐, 제 아버지와 비슷한 성격의 출세 가도를 달리다가 어느덧 타성에 젖어 월급 봉투만 챙기는 그런 근속 연수에 이르고 있었다. 셋째는 실패작이었다. 셋째는 사방팔방 돌아다니며 실패만 거듭하더니 지금은 철도 관련 일을 하고 있었다. 아버지와 형들 그리고 특히 형수들은 그와 만나는 것을 꺼려했을 뿐만 아니라, 정말 어쩔 수 없을 때를 제외하고는 그의 존재를 기억하는 것조차 싫어했다. 하나 있는 딸은 그레프 남작에게 시집을 갔는데, 그 역시 장인처럼 뻬쩨르부르끄의 관직에 있었다. 이반 일리치는 시쳇말로 *le phénix de la famille*(집안의 자랑거리)였다. 그는 형처럼 지나치게 냉정하지도 계산적이지도 않았고 동생처럼 방만하지도 않았다. 이반 일리치는 형과 동생의 중간쯤 되는, 똑똑하고, 활달하고, 유쾌하고, 예의 바른 인간이었다. 그는 동생과 함께 법률 학교에 다녔다. 동생은 과정을 마치지 못하고 5학년 때 퇴학당했지만 이반 일리치는 우수한 성적으로 학교를 졸업했다. 법률 학교를 다니는 동안 이반 일리치는 이후 평생 동안 변치 않을 그런 인물로 성장했다. 요컨대, 그는 능력 있고 활달하고 상냥하고 사교적이면서도 다른 한편으로는 자신의 의무라고 생각되는 일이면 무엇이든 철저하게 해내는 그런 사람이 되었다. 그에게 의무란 높은 사람들이 의무라고 판단하는 모든 것을 의미했다. 그는 어렸을 때나 성인이 되어서나 아첨과는 거리가 먼 사람이었지만 아주 젊은 시절부터 불빛을 따라가는 하루살이처럼 사교계의 최상류층 사람들에게 이끌려 그들의 행동 방식과 인생관을 따라 배우며 그들과 친밀한 관계를 맺어 나갔다. 유년 시절과 청년 시절에는 깊이 빠져든 것들도 있었지만 그것들은 별다른 흔적 없이 그냥 스쳐 지나갔다. 한때는 연애 감정이나 허영심에 마음을 빼앗긴 적도 있었고 졸업을 앞둔 최고 학년 시절에는 자유주의 사상에 심취한 적도 있었으나, 이 모든 것은 그가 심정적으로 괜찮다고 정해 놓은 일정한 범위를 벗어난 적이 없었다.

그는 법률 학교 재학 시절에 본인이 생각해도 추악한 행동, 스스로를 혐오할 수밖에 없는 그런 행동을 저지른 적이 있었다. 그러나 시간이 흐른 후 높은 지위에 있는 사람들도 그런 행동을 저지르며, 크게 신경 쓰지 않는다는 것을 알게 되자 생각을 바꿨다. 바람직한 행동이라 할 수는 없겠지만 그냥 다 잊어버리고 더 이상 괴로운 기억을 되살리지 않기로 한 것이다.

이반 일리치가 법률 학교를 졸업하면서 10등 문관의 자격을 부여받게 되자. 아버지는 제복을 장만하라고 돈을 주었다. 그는 그 돈으로 샤르메르 양복점에서 옷을 맞추고, *respice finem*(목표를 주시하라)이라는 라틴어 문구가 새겨진 메달을 시곗줄에 매달았으며, 은사인 공작을 찾아가 작별 인사를 하고 친구들과 도논 레스토랑에서 축하연을 가졌다. 그러고서 최고급 상점들을 돌며 주문하여 구입한 최신 유행의 여행 가방과 속옷, 의류, 면도 용품과 세면도구, 그리고 여행용 모포 등을 챙겨, 아버지가 손을 써서 마련해 놓은 현(縣) 지사 특임 보좌관 직을 맡기 위해 지방으로 떠났다.

지방에 간 지 얼마 되지 않아, 이반 일리치는 법률 학교 시절 그랬던 것처럼 편안하고도 기분 좋게 자신의 입지를 다져 놓았다. 그는 근무지에서 경력을 쌓아 가는 한편 유쾌하면서도 품위 있는 삶을 즐겼다. 때때로 상부의 지시에 따라 군 단위 지역으로 출장을 나갈 때면 지위 고하를 막론하고 만나는 사람 모두에게 예의를 갖추어 대했다. 그에게 특별히 부과된 임무는 분리파 교도 관련 업무였는데 그는 자기 스스로가 자랑스러울 정도로 정확하고도 청렴결백하게 일을 처리했다.

그는 젊었고 노는 것을 좋아했지만 일을 할 때만큼은 극도로 신중하고 사무적이었으며 엄격하기까지 했다. 반면 사교적인 자리에서는 종종 장난스럽고 재기 발랄하면서도 언제나 친절하고 예의 바르게 행동했다. 그를 한 가족처럼 아끼던 현 지사 내외는 그런 그를 *bon enfant*(우리 순둥이)라 부르곤 했다.

지방에서 세련된 법조인으로 살다 보면 추파를 던져 오는 부인들이 종종 있었다. 그는 그중 한 부인과 염문을 뿌리기도 했고 모자 가게 여주인과 연애를 하기도 했다. 시종무관들이 출장을 오면 술대접을 했고 저녁 식사 후에는 그들을 데리고 모종의 한적한 동네로 원정을 가기도 했다. 그러면서도 현 지사와 심지어 그의 부인에게까지 아첨하는 일을 중단하지 않았다. 하지만 이 모든 일들은 대단히 고상하고 절도 있게 수행되었기 때문에 그것을 두고 험담할 사람은 아무도 없었다. 사실 *il faut que jeunesse se passe*(젊음과 방탕은 통하는 법)라는 프랑스어 격언 한마디로 모든 것을 설명할 수 있었다. 깨끗한 손, 깨끗한 셔츠, 프랑스어 단어들과 함께하는 이 모든 행동들은 특히 고급 사교계에서 벌어지는 일이라 고위층 인사들도 암암리에 승인해 주고 있었다.

그렇게 5년을 보내자 이반 일리치에게 자리 이동의 기회가 찾아왔다. 새로운 법률 제도가 도입되면서 새로운 인력이 필요했다.

이반 일리치가 바로 그 새로운 인력이었다.

이반 일리치에게 예심 판사를 맡아 달라는 제안이 들어왔다. 다른 현에 있는 자리여서 그동안 쌓아 놓은 인맥을 포기하고 새로운 곳에서 다시 시작해야 했음에도 불구하고, 이반 일리치는 제안을 수락했다. 친구들은 송별회를 열어 주었고, 단체 사진을 같이 찍었으며, 은제 담배 케이스를 선물해 주었다. 이반 일리치는 새 임지로 떠났다.

예심 판사가 된 이반 일리치는 특임 보좌관으로 일할 때와 마찬가지로 공과 사를 구분하고 *comme il faut*(더할 나위 없이 훌륭하고)[2] 품위 있게 처신하여 사람들의 존경을 받기 시작했다. 이반 일리치에게 예심 판사 일은 이전의 일보다 훨씬 더 흥미롭고 매력적으로 느껴졌다. 물론 샤르메르 양복점에서 만든 제복을 입고서, 덜덜 떨며 면담을 기다리는 청원자들과 부러운 눈으로 자신을 바라보는 관리들 곁을 지나 곧바로 현 지사의 집무실로 들어가서 그와 마주 앉아 담배와 차를 나누던 것은 즐거운 일이었다. 그러나 이전 업무에서 그가 기분 내키는 대로 좌지우지할 수 있는 사람들은 별로 없었다. 기껏해야 출장 가서 만나게 되는 군 경찰서장이나 분리파 교도 정도였다. 그는 이런 사람들을 깍듯이, 거의 동료처럼 대해 주는 것을 좋아했다. 그들로 하여금 〈나를 파멸시킬 수도 있는 사람이 이렇게 격의 없이 대해 주다니〉라고 느끼도록 세심하게 신경을 쓰며 그 사실 자체를 즐겼던 것이다. 그러나 당시 그가 이렇게 다룰 수 있는 사람들은 많지 않았다. 반면 예심 판사가 된 지금, 이반 일리치는 아무리 중요하고 남부러울 것 없는 사람이라 해도 모두 예외 없이 자신의 손아귀 안에 있다는 것, 제목이 달린 종이 쪼가리에 몇 마디 상투적인 말만 적으면 이 중요하고 남부

---

2 이 문구는 똘스또이 소설에서 상류 사회의 위선을 지칭하는 말로 자주 사용된다.

러울 것 없는 사람들을 피의자나 증인 자격으로 소환할
수 있고, 마음먹기에 따라 앉히지도 않고 세워 둔 채로
묻는 말에 대답하도록 만들 수도 있다는 걸 알고 있었다.
그러나 이반 일리치는 단 한 번도 자신의 권력을 남용한
적이 없었고, 오히려 그러한 권력을 가급적 부드럽게 행
사하려고 애썼다. 권력을 의식하면서 동시에 그것을 부
드럽게 행사할 수 있다는 것은 새 직무의 가장 흥미롭고
도 매력적인 부분이었다. 그는 업무를 수행할 때, 요컨대
심리를 진행할 때 직무와 관계없는 것은 모두 멀리하는
방법을 신속하게 터득했다. 서류에 기록할 때는 개인적
견해를 완전히 배제하고 외적인 사실 자체만 반영했으며
특히 모든 요식 행위를 충족시킴으로써 아무리 복잡한
사건이라도 쉽게 처리했다. 그것은 당시 아주 새로운 업
무 처리 방식이었다. 그는 1864년에 제정된 법률을 최초
로 실행에 옮긴 사람들 중 한 명이었다.

예심 판사직을 맡아 새로운 도시로 이사해 오면서 이
반 일리치는 새로운 인맥과 알음알이를 확보했고 새롭게
위상을 정립했으며 이전과는 조금 다르게 처신했다. 그
는 이제 현의 권력층과는 어느 정도 거리를 유지했고 그
대신 고위 법조인 그룹과 부유한 귀족 모임을 골라 어울
리면서 이들과 만날 때면 정부에 대한 가벼운 불만과 온
건한 자유주의 사상, 그리고 개화된 시민 의식을 내비쳤
다. 우아한 몸단장은 그대로였지만, 새 직무를 시작하면

서부터는 이전처럼 면도하던 습관은 버리고 턱수염이 자연스럽게 자라도록 내버려 두었다.

새로운 도시에서도 이반 일리치의 삶은 매우 유쾌하게 흘러갔다. 현 지사에 대해 가벼운 불만을 품고 있는 사교계 사람들은 친절하고 선량했으며 봉급은 예전보다 더 올랐다. 또한 그 무렵 즐기기 시작한 휘스트 게임[3]은 이반 일리치의 삶에 적지 않은 재미를 더해 주었다. 그는 카드를 즐기는 법을 잘 알았고 신속하고 정확하게 판세를 읽었기 때문에 언제나 승자 편에 속했다.

새 도시에서 일을 시작한 지 2년쯤 지났을 때 이반 일리치는 장차 아내가 될 여성을 만났다. 쁘라스꼬비야 표도로브나 미헬은 이반 일리치가 드나들던 사교 모임에서 가장 매력적이고 영리하고 눈부신 아가씨였다. 그는 예심 판사 업무에서 잠시 빠져나와 한숨 돌리며 오락을 즐긴다는 차원에서 쁘라스꼬비야 표도로브나와의 가볍고 장난기 섞인 만남을 이어 갔다.

이반 일리치는 특임 보좌관으로 일하던 시절엔 자주 춤을 췄으나, 예심 판사가 된 이후로는 예외적인 경우가 아니면 거의 춤을 추지 않았다. 자기가 비록 신설 기관의 5급 관리이긴 하지만, 춤에 관한 한 따라올 자가 아무도 없다는 걸 보여 주고 싶을 때에만 춤을 추었다. 이런 식으로 그는 이따금 파티가 끝나 갈 무렵 쁘라스꼬비야 표

3 두 명이 짝을 맞추어 총 네 명이 하는 카드 게임의 일종.

도로브나와 춤을 추었는데, 춤을 추는 동안 쁘라스꼬비야 표도로브나의 마음을 완전히 사로잡았다. 그녀는 그와 사랑에 빠진 것이다. 이반 일리치는 결혼에 대해 뚜렷한 생각도 특별한 계획도 가져 본 적이 없지만, 이 아가씨가 자신에게 푹 빠졌다는 것을 알게 되자 〈아니, 뭐, 결혼을 못 할 이유도 없잖아?〉라고 생각했다.

쁘라스꼬비야 표도로브나는 좋은 귀족 가문의 아가씨로 외모도 괜찮았고, 적게나마 어느 정도 재산도 가지고 있었다. 이반 일리치는 훨씬 더 화려한 배우자감을 찾아볼 수 있었지만 이 정도만 되도 상당히 괜찮은 편이었다. 이반 일리치에게는 꾸준히 들어오는 봉급이 있었고, 그녀에게도 그 정도 되는 결혼 지참금이 있을 것으로 기대되었다. 집안도 괜찮거니와, 사랑스럽고 귀엽고 반듯했다. 이반 일리치가 이 아가씨를 사랑했고 또 인생관에 공감대가 있어서 결혼했다고 하는 것은, 그가 속한 상류 사회가 인정해 주었기 때문에 결혼했다고 하는 것만큼이나 편파적인 말이다. 그는 이 두 가지 이유 모두를 고려해서 결혼했다. 그런 아가씨를 아내로 맞이하면 자기 자신에게 이득이라는 생각이 들었고, 동시에 최상류층 사람들이 바람직하다고 여겨 주는 일을 한다는 뿌듯한 생각도 들었다.

그래서 이반 일리치는 결혼했다.

결혼을 준비하는 과정, 그리고 부부 간 애정이 넘쳐 나고 가구며 그릇이며 침구며 모두 새롭기만 했던 신혼 시절은 아내가 임신하기 전까지만 해도 매우 행복하게 흘러가서, 이반 일리치는 결혼이란 것이 자신이 전에 누리던 생활, 즉 편안하고 유쾌하며 즐거운 데다 사회의 인정을 받는 고상한 생활을 망치기는커녕 오히려 즐거움을 배가시켜 준다고 생각할 정도였다. 그러나 아내가 임신한 지 몇 개월도 지나지 않아 무언가 전혀 생각지 못한, 새롭고, 불쾌하고, 힘들고, 고상하지 못한 일들이 벌어지기 시작했는데 그것은 전혀 예기치 못한, 도저히 벗어날 길이 없는 그런 종류의 일이었다.

이반 일리치가 보기에 아내는 정말 아무런 이유도 없이, 그가 항상 프랑스어로 중얼거리는 것처럼 *de gaité de cœur*(고의적으로) 유쾌하고 고상한 삶을 파괴하기 시작했다. 아내는 이렇다 할 근거도 없이 질투를 하는가 하면, 자기한테 신경을 써달라고 바가지를 긁었으며, 사사건건 트집을 잡아 불쾌하고 천박한 장면을 연출했다.

처음에 이반 일리치는 이전부터 그를 구해 주곤 했던 하나의 전략, 즉 삶에 대한 가볍고 고상한 태도를 취해서 이 불쾌한 상황에서 벗어나고자 했다. 그는 아내의 기분을 무시하려고 애쓰면서 전처럼 편안하고 유쾌하게 생활했다. 카드 게임을 위해 짝을 맞춰 집에 친구들을 불러들이기도 하고, 아니면 자신이 직접 클럽이나 친구들의 집으로 놀러 가기도 했다. 그러던 어느 날 아내는 무섭게 화를 내며 그에게 거친 욕설을 퍼부었다. 그날 이후 아내는 그가 요구를 들어 주지 않으면 어김없이 욕설을 퍼부었다. 마치 남편이 굽히고 들어올 때까지, 즉 자기처럼 우거지상을 하고 집에 죽치고 앉아 있을 때까지 계속 욕설을 퍼붓겠다고 작심한 것 같았다. 이반 일리치는 덜컥 겁이 났다. 그는 결혼 생활(적어도 자신의 아내 같은 여성과 함께하는)은 유쾌하고 품위 있는 삶을 보장해 주지 않는다는 것, 오히려 종종 그런 삶을 망쳐 놓는다는 것, 그렇기 때문에 반드시 이러한 파괴적 영향력으로부터 스스로를 보호해야 한다는 것을 깨달았다. 그래서 이반 일리치는 방법을 모색하기 시작했다. 공무는 쁘라스꼬비야 표도로브나도 어찌하지 못하는 유일한 영역이었다. 그리하여 이반 일리치는 자신의 독립된 세계를 지켜 내기 위해 공무와 거기서 비롯된 온갖 의무를 무기 삼아 아내에게 대항해 나갔다.

아내는 첫 아이의 출산 때부터 자꾸만 실패로 돌아가는 모유 수유에서부터 사실인지 상상인지 알 수 없는 산모와 아기의 질병에 이르기까지 모든 일에 이반 일리치를 끌어들였다. 이반 일리치는 무엇을 어떻게 해야 할지 도무지 알 수가 없었다. 다만 그럴수록 가정을 벗어나 자기만의 세계를 확보해야 한다는 생각이 점점 더 절실해졌다.

아내의 짜증과 바가지가 점차 늘어 감에 따라, 이반 일리치는 삶의 무게 중심을 더욱더 직무의 영역으로 옮겨 놓기 시작했다. 그는 더욱더 일을 사랑하게 되었으며, 명예욕 역시 이전에 비해 훨씬 강해졌다.

너무 일찍, 그러니까 결혼한 지 1년도 채 되지 않은 시점에서 이반 일리치는 결혼 생활이 삶에 몇 가지 편리함을 제공해 주기는 하나, 본질적으로는 매우 복잡하고 피곤한 것이라는 사실을 깨달았다. 따라서 자신의 의무를 다하기 위해서는, 즉 사회의 인정을 받는 그런 고상한 삶을 영위하기 위해서는 공무에서와 마찬가지로 결혼 생활에서도 일정한 입장을 고수할 필요가 있다고 생각했다.

그래서 이반 일리치는 결혼 생활에 대한 나름의 입장을 정립했다. 그가 결혼 생활에 요구한 것은 아내가 남편에게 제공할 수 있다고 생각되는 편리함들, 즉 집밥과 집안 살림과 잠자리뿐이었다. 중요한 것은 사회 통념이 정해 놓은 외적인 품위와 형식을 유지하는 것이었다. 즐겁고 유쾌한 일은 다른 영역에서 추구했는데, 어쩌다 그걸 찾게 되면 무척 고맙게 생각했다. 그러나 만약 자신에 대한 저항이나 투정 등을 마주하게 되면 그는 즉시 자신만의 고립된 일의 세계로 달아나 거기서 즐거움을 찾았다.

이반 일리치는 뛰어난 업무 능력을 인정받아 3년 후에는 검사보로 승진했다. 새로운 직무와 그 중요성, 누구든지 법정에 세우고 감옥에 보낼 수 있는 권한, 공식 석상에서의 연설, 이런 일들에서 거둔 성공 등등, 이 모든 것은 그를 더욱더 일에 매진하게 했다.

아이들이 계속 태어났다. 아내의 불평불만은 더욱 심해졌고 화를 내는 일도 더 많아졌지만, 이반 일리치는 가정생활에 대해 정립해 둔 원칙 덕분에 아내의 불평에 신경을 꺼둘 수 있었다.

한 도시에서 7년을 근무하고 나자 이반 일리치는 검사로 승진하여 다른 현으로 발령을 받았다. 이사를 했으나 돈은 부족했고 아내는 이사 온 곳을 마뜩잖게 생각했다. 봉급이 조금 오르긴 했지만, 생활비는 더 많이 들었다. 게다가 아이가 두 명이나 죽는 바람에 이반 일리치에게 가정은 점점 더 불쾌한 공간이 되어 갔다.

쁘라스꼬비야 표도로브나는 새 거주지에서 일어난 모든 불행한 일들을 남편의 탓으로 돌렸다. 부부 간의 대화 중 많은 부분, 특히 아이들 양육에 관한 부분은 과거의 다툼을 상기시키는 문제들로 이어졌고, 과거의 다툼은 순식간에 새로운 다툼으로 번져 나갔다. 부부 사이에 애착의 시기가 찾아올 때도 드물게나마 있기는 했지만 오래 지속되지는 않았다. 그런 시기는 부부가 소원한 관계 이면에 있는 은밀한 적개심의 바다에 다시 풍덩 빠져들기 전에 잠시 쉬었다가는 작은 섬과도 같았다. 만약에 이반 일리치가 아내와의 소원한 관계를 정상이 아닌 상태로 여겼다면 그는 무척 괴로웠을 것이다. 그러나 그는 이런 상태가 정상적인 것일 뿐 아니라 가정생활에서 자신이 지향하는 목표라고까지 여기고 있었다. 그의 목표는 이 모든 불쾌한 상황들로부터 최대한 멀리 벗어나고 그런 상황 자체가 무해하면서 오히려 고상한 것처럼 보이게 만드는 것이었다. 그는 가족과 보내는 시간을 최소화함으로써 이 목표를 달성하고자 했지만, 불가피하게 가족과 함께 시간을 보내야 할 때면 다른 사람들을 불러들여 자신의 입지를 안전하게 지키고자 했다. 중요한 것은, 이반 일리치에게 일이 있다는 사실이었다. 그는 오로지 일 속에서만 삶의 재미를 느꼈다. 그리고 이러한 재미는 결국 그를 통째로 삼켜 버렸다. 마음만 먹으면 누구든 밟아 버릴 수 있다는 권력의 의식, 법정에 그가 들어설 때나 부하 직원들을 마주할 때면 그들의 얼굴에 역력하게 드러나는 존경심, 상사와 부하 직원들을 상대로 거두는 성공, 그리고 무엇보다 스스로 느끼는 자신의 뛰어난 업무 수행 능력 — 이 모든 것이 그를 기쁘게 만들었다. 더불어 동료들과의 수다와 식사, 휘스트 게임 등도 그의 삶을 더욱 충만하게 만들었다. 그렇게 이반 일리치의 삶은 그 자신이 기대한 바 그대로, 대체로 유쾌하고도 고상하게 흘러갔다.

그는 그렇게 7년을 더 보냈다. 그사이 첫째 딸은 벌써 열여섯 살이 되었고 또 한 명의 아이가 죽었으며 늘 부부 싸움의 원인인 중학생 아들만 하나 더 남았다. 이반 일리치는 아들을 법률 학교에 보내고 싶어 했지만 쁘라스꼬비야 표도로브나는 억하심정에서 아이를 보란 듯이 일반 중학교에 집어넣었다. 딸은 집에서 교육을 받으며 그런대로 잘 자라고 있었고, 아들 역시 공부를 잘하는 편이었다.

3

그렇게 이반 일리치의 삶은 결혼 이후 17년이라는 세월 동안 흘러갔다. 대우가 더 좋은 자리를 기다리며 몇 차례 보직 이동 기회를 고사하고 있는 사이 이반 일리치는 고참 검사가 되어 있었다. 그러던 어느 날 뜻하지 않게 그의 평온한 인생을 송두리째 뒤흔드는 불쾌한 사건이 벌어졌다. 이반 일리치는 어느 대학 도시의 재판장 자리를 노리고 있었는데, 어찌된 일인지 고뻬라는 인물이 그를 제치고 그 자리를 차지해 버린 것이다. 이반 일리치는 격분하여 고뻬는 물론 평소 가깝게 지내던 상급자들을 찾아가 항의하고 그들과 다툼을 벌였다. 사람들은 그를 차갑게 대하기 시작했으며, 그는 결국 다음 인사에서도 승진 명단에서 제외되고 말았다.

그것은 1880년도의 일이었다. 그해는 이반 일리치의 인생에서 가장 힘든 해였다. 일단, 봉급이 너무 적었고 게다가 모두들 그에 관해 잊어버린 듯했다. 그는 자신에 대한 처우가 너무나 잔인하고 부당하다고 생각했지만 다른 사람들은 지극히 당연한 일이라 여기는 것 같았다. 심지어 아버지조차 그를 도울 의무가 없다는 듯한 태도를 보였다. 그는 모두로부터 버림받았다고 느꼈다. 모두들 그 직무에 3천5백 루블의 연봉이면 지극히 정상적인 거라고, 심지어 복에 겨운 일이라고 여기고 있는 것 같았다. 부당한 처우, 아내의 끝없이 이어지는 잔소리, 분수에 넘치는 생활을 유지하느라 진 빚에 대해 아는 사람은 오직 그 한 사람뿐이었다. 이것이 정상적인 상황과는 한참 거리가 멀다는 것을 아는 사람도 오직 그 하나뿐이었다.

그해 여름 이반 일리치는 휴가를 내어 아내와 함께 처남이 사는 시골로 떠났다. 그곳에서 여름을 보내며 생활비도 좀 아껴 볼 요량이었다.

공무에서 벗어나 시골에서 지내는 동안 그는 태어나 처음으로 지독한 무료감에 시달렸다. 우울증에 가까운 권태였다. 더 이상 이렇게는 못 살겠다고 생각한 그는 무엇이든 특단의 조치를 취하기로 결심했다.

이반 일리치는 테라스를 서성거리며 뜬눈으로 밤을 지새운 뒤 뻬쩨르부르끄로 가 백방으로 손을 써보기로 작정했다. 자기 가치를 알아주지 못하는 인간들에게 한 방 먹여 주기 위해서라도 반드시 다른 부서로 이동해야 했다.

다음 날 그는 아내와 처남의 만류를 뿌리치고 뻬쩨르부르끄행 기차에 몸을 실었다.

그의 목적은 단 하나, 연봉 5천 루블의 자리를 확보하는 것이었다. 부서가 어디든, 일의 종류나 성격이 무엇이든 그런 건 아무래도 좋았다. 그에게는 오직 자리, 5천 루블의 돈이 보장되는 자리가 필요했다. 관청이든, 은행이든, 철도청이든, 마리야 황후 학교든, 아니면 하다못해 세관이든 간에 상관없었다. 5천 루블의 돈을 받을 수 있고 자신의 가치를 알아보지 못하는 지금의 부서를 떠날 수만 있다면 어디든 좋았다.

그런데 이런 목적을 품고 올라탄 기차에서 이반 일리치는 꿈에도 생각지 못한 놀라운 행운을 거머쥐었다. 꾸르스끄 역에서 일등칸에 올라탄 이반 일리치의 지인 F. S. 일린이 꾸르스끄현 지사가 방금 전에 받은 전보 내용을 알려 주었다. 수일 내로 정부 부처 내에 대대적인 인사이동이 있을 거라는 정보였다. 일린은 뾰뜨르 이바노비치 자리에 이반 세묘노비치가 내정되어 있다는 사실도 귀뜀해 주었다.

이번에 단행될 대대적인 인사이동은 러시아 전체를 위해서도 의미가 있는 것일 테지만 이반 일리치란 한 개인을 위해서도 매우 특별한 의미를 지니는 것이었다. 뾰뜨르 뻬뜨로비치나 그의 친구 자하르 이바노비치 같은 새로운 인물의 급격한 부상은 이반 일리치에게 매우 유리한 조건이 될 수 있었다. 자하르 이바노비치는 이반 일리치의 직장 동료이자 친구였기 때문이다.

이 소식은 모스끄바에서 사실로 확인되었다. 뻬쩨르부르끄에 도착한 이반 일리치는 자하르 이바노비치를 찾아가 그가 전에 근무했던 법무부에 확실한 자리를 알아봐 주겠다는 약속을 받아 냈다.

일주일 후 이반 일리치는 아내에게 다음과 같은 내용의 전보를 쳤다.

〈밀레르 자리에 자하르 발령 즉시 나도 발령 예정.〉

이번 인사이동 덕분에 이반 일리치는 전에 일하던 부서에서 뜻하지 않게 동료들보다 두 단계나 높은 자리로 승진하게 되었다. 연봉 5천 루블에 3천5백 루블의 이사 비용까지 더해졌다. 과거의 적들과 부처 전체에 대해 가졌던 적개심은 눈 녹듯 사라졌고, 이반 일리치는 더할 나위 없이 행복했다.

이반 일리치는 오랜만에 즐겁고 흡족한 마음이 되어 시골로 되돌아왔다. 쁘라스꼬비야 표도로브나 역시 무척 기뻐했고 부부 사이에는 일시적인 평화가 찾아왔다. 이반 일리치는 뻬쩨르부르끄에서 만난 사람들이 모두 자신을 축하해 주더라, 한때의 적들이 얼굴이 뻘게져서 굽실거리더라, 하나같이 자기를 부러워하더라, 특히 뻬쩨르부르끄 사람들은 죄다 자기를 엄청 좋아하더라, 등등의 이야기를 주절거렸다.

쁘라스꼬비야 표도로브나는 모든 이야기를 전적으로 신뢰한다는 표정으로 열심히 들어 주었으며 남편의 말에 일체 토를 달지 않았다. 그녀는 곧 이사 갈 도시에서 새로운 생활을 꾸려 나갈 계획을 짜느라 정신이 없었다. 이반 일리치는 아내의 계획이 자신의 계획과 같다는 것, 그들의 마음이 서로 통한다는 것, 그리고 삐걱거리던 자신의 인생이 다시 이전처럼 즐겁고 유쾌하며 고상한 삶의 모습, 그 본연의 진정한 모습을 찾게 되었다는 것을 알게 되어 너무나 행복했다.

그는 시골에 오래 있을 수가 없었다. 9월 10일부터는 새 부임지에서 업무를 시작해야 했기 때문이다. 뿐만 아니라 지방 생활을 접고 새집으로 이사해 이것저것 필요한 것들을 새로 주문하고 구입하려면 시간이 필요했다. 즉, 그가 머릿속에 정해 놓은 계획, 쁘라스꼬비야 표도로브나의 구상과도 거의 일치하는 그 계획을 실행에 옮길 시간이 필요했던 것이다.

모든 것이 순조롭게 진행되고 부부가 생각하는 목표가 일치하는 데다가 같이 붙어 있는 시간이 별로 없다 보니 그들은 신혼 초기로 되돌아 간 듯 매우 친밀해졌다. 이반 일리치는 곧바로 가족을 데리고 함께 떠나고 싶었지만, 그와 그의 가족을 갑자기 친절하고 따뜻하게 대하기 시작한 처남 내외가 시골에 조금 더 머물다 가라며 한사코 붙잡는 바람에 결국 어쩔 수없이 혼자서 먼저 떠나기로 했다.

이반 일리치는 출발했다. 직장에서 거둔 성공과 아내

와의 관계 회복이 상승 작용을 일으켜 만들어 낸 즐거운 기분은 새 임지로 가는 길 내내 그의 곁을 떠나지 않았다. 새로 구한 멋진 집은 그와 아내가 꿈에 그리던 집 그 자체였다. 천장이 높고 널찍한 고풍스러운 응접실이며 안락하면서도 중후한 서재, 아내와 딸이 사용할 방과 아들의 공부방까지 모든 것이 마치 그들 가족을 위해 누군가 맞춰 놓은 것만 같았다. 이반 일리치는 직접 집을 손보기로 작정했다. 벽지를 고르고 가구를 사들였으며, 특히 고가구에 헝겊을 덧대어 더할 나위 없이 훌륭한 스타일을 연출했다. 하나둘씩 물건이 채워질수록 새로운 집은 그가 생각하던 이상적인 그림에 점차 가까워져 갔다. 반 정도밖에 정리가 되지 않았는데도 집의 모습은 이미 그의 기대치를 훌쩍 뛰어넘어 있었다. 집 단장이 마무리 되면 천박함과는 거리가 먼, 더할 나위 없이 훌륭하고 우아한 집이 될 거라고 그는 확신했다. 그는 앞으로 완성될 거실의 모습을 상상하며 잠이 들기도 했다. 아직 정리가 덜된 응접실을 보면서는 곧 제자리를 차지할 벽난로와 가리개와 책장과 여기저기 배치될 의자들, 그리고 이곳저곳 벽에 걸리게 될 크고 작은 접시들과 청동 조각품들을 상상했다. 그는 자기와 취향이 비슷한 **빠샤와 리잔까**[4]를 깜짝 놀래 줄 생각을 하니 기분이 너무 좋았다. 아내와

4 빠샤와 리잔까는 이반 일리치의 아내와 딸인 쁘라스꼬비야와 리자의 애칭이다.

딸도 아마 이 정도까지는 기대하지 못했을 것이었다. 그는 특별히 집에 품격을 더해 줄 골동품들까지 저렴한 가격에 구입해 둔 터였다. 그러나 그는 가족을 놀라게 할 요량으로 그들에게 보내는 편지에다가는 일부러 모든 것을 실제보다 줄여서 묘사해 놓았다. 집을 단장하는 일에 어찌나 흠뻑 빠졌던지, 그는 그토록 좋아하는 업무에는 애초에 마음먹었던 것만큼 신경을 쓰지 못하고 있었다. 법정에 앉아 있는 동안에도 정신은 다른 데 팔려 있기 일쑤였다. 그는 커튼 봉을 일자형으로 할지 굴곡이 들어간 것으로 할지 고민했다. 집 단장에 완전히 사로잡힌 그는 직접 팔을 걷어붙이고 나서서 가구를 이리저리 옮겨 보기도 하고 커튼을 이쪽저쪽에 고쳐 걸어 보기까지 했다. 한번은 영 말귀를 못 알아듣는 도배장이에게 커튼 다는 법을 직접 보여 줘야겠다 싶어서 사다리를 타고 올라가다가 발을 헛디뎌 미끄러진 적이 있었다. 워낙 건강하고 민첩한 그는 다행히 균형을 잡아 많이 다치지는 않고 튀어나온 창틀 손잡이에 옆구리를 부딪히기만 했다. 부딪힌 곳이 욱신거렸지만 금세 나아졌다. 당시 이반 일리치는 지속적으로 즐겁고 건강한 컨디션을 만끽하고 있었다. 편지에다 〈마치 15년은 젊어진 것 같다〉라고 쓸 정도였다. 9월에는 마무리가 될 거라고 생각했던 집 단장은 10월 중순까지 이어졌다. 대신 그만큼 더 멋진 집이 되었다. 그만 그렇게 생각한 것이 아니라, 집을 본 사람은 누구나 다 그렇게 얘기했다.

실상 대단한 부자도 아니면서 부자처럼 보이고 싶어
하는 사람들이 집에 갖춰 놓는 것들은 꽃무늬 비단 천,
흑단, 꽃나무와 양탄자, 청동 조각품 등등 다 고만고만한
것들이다. 대개 짙은 색에다 광택이 화려한 물건들인데,
그것들은 모두 명문가가 아닌 사람들이 명문가 흉내를
내려고 사들이는 것들이다. 이반 일리치의 새집도 딱 그
수준이라 주목을 끌 만한 점은 전혀 없었다. 그러나 그의
눈에는 모든 게 특별하게만 보였다. 그는 기차역으로 마
중을 나가 찬란하게 단장을 마친 새집으로 가족을 데리
고 왔다. 하얀 넥타이를 맨 하인이 꽃으로 장식한 현관문
을 열어 주었을 때, 가족들이 응접실로 서재로 돌아다니
며 기쁨에 겨워 탄성을 연발했을 때, 그는 너무도 행복했
다. 가족들이 그의 손에 이끌려 집안 구석구석을 돌아보
며 그에게 칭찬을 쏟아붓자 그의 얼굴은 흐뭇한 미소로
환하게 빛났다. 그날 저녁, 차를 마시면서 쁘라스꼬비야
표도로브나가 그에게 사다리에서 떨어진 것은 어떻게 된
일이냐고 묻자 그는 웃으면서 자기가 얼마나 날쌔게 균
형을 잡았는지, 그리고 도배장이가 얼마나 놀랐는지를
실감나게 재연해 보였다.

「체조 선수가 따로 없지. 다른 사람이라면 분명 크게
다쳤을 거야. 나니까 이쪽만 좀 부딪히고 만 거지. 아직
건드리면 아프긴 한데, 좀 지나면 괜찮아질 거야. 멍만 좀

든 거니까.」

그렇게 이반 일리치의 가족은 새로운 집에서 생활을 시작했다. 물론 사람이란 게 늘 그렇듯이 잘살다 보면 딱 방 하나면 더 있었으면 하고 바라게 마련이고 수입이 아무리 늘어도 살다 보면 아주 조금만, 그러니까 한 5백 루블만 더 있었으면 하고 바라게 마련이다. 이반 일리치네도 그 정도의 아쉬움은 느꼈지만 그래도 전반적으로 무척 행복했다. 집 단장이 마무리가 덜 되어 손볼 일이 남아 있던 이사 초기에는 이것저것 더 사들이고 주문하고 가구를 옮기고 수리를 해야 했기에 특히나 좋았다. 때때로 부부 사이에 소소한 의견 대립이 있기는 했지만 둘 다 대체로 만족한 상태였고 할 일이 너무도 많은 탓에 큰 다툼 한 번 겪지 않고 넘어갔다. 그러다 점차 정리할 것들이 사라지자 어딘가 좀 지루하고 뭔가 부족한 것 같은 느낌이 들기 시작했으나, 그즈음 부부는 새로운 사람들을 사귀고 새로운 습관을 만들었기 때문에 그들의 삶은 나름대로 풍요로웠다.

이반 일리치는 오전에는 법원에 있다가 점심을 먹으러 집으로 돌아오곤 했다. 이사 초기에는 크고 작은 집 문제로 골치가 좀 아프기는 했지만 기분은 대체로 항상 좋았다(테이블보나 꽃무늬 비단에 찍힌 얼룩 하나, 끊어져 나간 커튼 묶는 끈 하나가 그의 신경을 건드렸다. 집 단장에 너무나 공을 들였기 때문에 아주 작은 것 하나만

틀어져도 속상해했다). 그러나 대체로 이반 일리치의 생활은 그의 신조대로 〈편안하고 유쾌하며 품위 있게〉 흘러갔다. 그는 아침 9시에 침대에서 일어나 커피를 한잔 마시고, 막 배달된 신문을 읽은 다음 제복을 갖춰 입고 법원으로 출근했다. 사무실에는 그를 꿰어 갈 업무라는 이름의 고삐가 기다리고 있었다. 그는 곧장 고삐에 뛰어들었다. 청원자들, 질의 문서들, 일반 서류 업무, 공판과 공판 준비 회의 등이 그의 고삐였다. 이런 일을 할 때는 업무의 순조로운 흐름을 방해하는 모든 날것들과 살아 있는 것들을 배제시킬 줄 아는 요령이 필요했다. 공무와 관련된 것이 아니라면 사람들과 그 어떤 관계도 갖지 말아야 했으며, 어떤 관계가 발생할 경우 그 동기와 결과가 모두 공적인 것이어야 했다. 예컨대, 무언가를 알고 싶어 하는 사람이 이반 일리치를 찾아 왔다고 가정해 보자. 이반 일리치는 직무를 떠난 일반인으로서는 그 사람과 어떠한 관계도 맺을 수 없다. 그러나 이 사람이 만일 법원 판사라면, 그리고 이반 일리치와 그의 관계가 공문서에 명시된 것이라면 이반 일리치는 법이 허용하는 범위 내에서 최선을 다해 모든 것을 알아봐 줄 수 있다. 뿐만 아니라, 인간적이고 친밀한 관계 비슷한 것, 다시 말해 정중함까지도 더해 줄 수 있다. 하지만 직무상의 관계가 끝나면 동시에 다른 모든 관계도 끝내야 한다. 이처럼 공사를 엄격하게 분리하는 데 이반 일리치는 뛰어난 수완을 보였다. 그는 오랜 경험과 재능을 십분 활용해 이를 최고 수준으로 발전시켰다. 거장의 경지에 오른 사람들이 때로 그러듯이 장난삼아 공적인 것과 인간적인 것을 뒤섞는 여유를 부리기까지 했다. 그가 이렇게 여유를 부릴 수 있었던 것은 필요하다면 언제고 다시 공사를 구분해 낼 수 있다는 자신감이 있었기 때문이다. 이반 일리치는 쉽게, 유쾌하게, 고상하게, 그리고 더 나아가 거장처럼 노련하게 업무를 처리했다. 휴식 시간이면 그는 동료들과 담배를 피우고 차를 마시면서 정치나 일상적인 문제들, 혹은 카드 게임 등에 관해 이야기를 나누었다. 그러나 그의 가장 큰 관심사는 언제나 인사이동이었다. 그런 후 몸은 피곤하지만 그 누구보다 탁월하게 연주를 마친 제1바이올린 주자처럼 흡족한 기분으로 집에 돌아왔다. 집에 돌아와 보면 아내와 딸은 대개 어디론가 마차를 타고 외출해서 안 보이거나 아니면 손님을 접대하는 중이었다. 아들은 학교에서 돌아와 가정 교사와 수업을 준비하거나 학교에서 배운 것을 복습하고 있었다. 모든 것이 좋았다. 집에 손님이 없는 날이면 식사를 마친 뒤 이따금 사람들의 입에 오르내리는 책을 찾아 읽었고, 저녁이 되면 책상에 앉아 업무를 보았는데, 대개 서류를 검토하고 법조문들을 들춰 보며 증거 자료와 거기 해당되는 법 조항을 비교해 보는 일이었다. 이러한 일이 딱히 즐거운 것은 아니었지만 그렇다고 지겨운 것도 아니었다. 빈트 게임을 할 수도 있는데 일을 해야 한다면 물론 지겨웠을 테지만, 카드 게임을 할 수 없을 상황이라면 혼자 멍하니 앉아 있거나 아내와 함께 있는 것보다는 일하는 쪽이 훨씬 나았다. 이반 일리치는 집에서 조촐한 만찬 모임을 열어 명망이 높은 사교계의 신사 숙녀들을 초대하는 걸 각별히 즐겼다. 그는 자기네 집 응접실이 그 사람들 응접실과 비슷하듯이, 그가 시간을 보내는 방식 또한 그들이 시간을 보내는 방식과 비슷하다는 사실에 흡족해했다.

한번은 그의 집에서 열린 파티에서 손님들이 춤을 추기까지 했다. 이반 일리치는 기분이 좋았고 모든 것이 만족스러웠지만, 그만 케이크와 과자 문제로 아내와 크게 다투고 말았다. 쁘라스꼬비야 표도로브나가 나름대로 계획을 세워 두었는데 이반 일리치가 무조건 값비싼 고급 제과점에서 사야 한다고 고집을 부려 케이크를 잔뜩 주문한 것이었다. 결국 케이크는 남아돌고 제과점에서 45루블이라는 숫자가 찍힌 청구서가 날아오자 기어이 큰 싸움이 터지고야 말았다. 말다툼이 점점 격해지자 기분이 상할 대로 상한 쁘라스꼬비야 표도로브나는 남편에게 〈멍청이, 벽창호〉라고 소리를 질렀다. 그 또한 분통이 터져 머리를 감싸 쥐며 이혼을 암시하는 말들을 마구 내뱉었다. 그래도 파티 자체는 아주 즐거웠다. 고위급 인사들이 많이 온 데다 그는 유명한 단체 〈내 슬픔을 가져가 주오〉 설립자의 여동생인 뜨루포노바 공작 부인과 춤까지 출 수

52

있었다. 공무를 수행하며 느끼는 기쁨은 자존심이 충족되는 데서 오는 기쁨이었고 사교 활동을 하며 느끼는 기쁨은 허영심이 충족되는 데서 오는 기쁨이었다. 그러나 이반 일리치의 진짜 기쁨은 빈트 게임이었다. 설령 인생에서 온갖 불유쾌한 일과 마주치게 된다 하더라도 모든 일이 끝난 뒤 마치 촛불처럼 다른 모든 것들 앞에서 환하게 타오르는 기쁨이 있다면 그것은 마음에 맞는 좋은 친구들과 조촐하게 둘러앉아 카드를 치는 것이었다. 네 명이 한 팀을 이루어(다섯이 치는 것도 좋다고 말하긴 했지만 자기가 빠져야 할 때는 기분이 상했다) 머리를 써가며 신중하게(패가 허락하는 한) 게임을 한 뒤 요기를 하고 와인을 마시는 것이야말로 진정한 행복이라고 그는 털어놓곤 했다. 빈트 게임을 마치고, 특히 이겨서 돈을 조금 딴 후(많이 따는 것은 좋지 않았다) 잠자리에 누우면 남부러울 것이 없었다.

그들은 그렇게 살았다. 그들은 최고 사교계와 교류했으며 고위층 인사들과 젊은이들이 그의 집에 드나들었다.

남편과 아내 그리고 딸은 지인들에 대해 완벽하게 동일한 시각을 견지했다. 그래서 그들은 미리 말을 맞추지 않고도 일본산 수입 접시들이 벽에 걸린 응접실에 몰려와 친한 척하는 온갖 시시껄렁한 친구며 친척 나부랭이들을 깨끗이 떼어내 버렸다. 얼마 지나지 않아 이 시시껄렁한 지인 나부랭이들은 발길을 뚝 끊었고, 이제 골로빈

가에는 오로지 최상층 사람들만이 드나들었다. 청년들은 딸 리잔까에게 관심을 보이며 주변을 어슬렁거리고는 했는데, 그중에는 드미뜨리 이바노비치 뻬뜨리셰프의 아들이자, 장차 그의 재산을 물려받을 유일한 상속자인 예심 판사 뻬뜨리셰프도 있었다. 이반 일리치는 애들을 삼두마차에 태워 산책을 내보내는 게 좋을지 아니면 아예 명석을 깔아 주는 게 좋을지 등등에 관해 쁘라스꼬비야 표도로브나와 상의했다. 그렇게 그들은 살았다. 모든 것은 변함없이 흘러갔고, 모든 것이 매우 좋았다.

4

이반 일리치의 가족은 모두 건강했다. 이따금 이반 일리치가 입에서 이상한 맛이 느껴지고 왼쪽 옆구리가 왠지 좀 불편한 것 같다고 말하긴 했으나 그렇다고 해서 그걸 병이라고 할 수는 없었다.

그러나 이 거북한 느낌은 점점 심해졌다. 통증까지는 아니더라도, 옆구리가 묵직해진 느낌이 사라지지 않아 여간 불쾌한 게 아니었다. 이반 일리치의 상태는 점점 더 악화되어 골로빈 가족이 즐기던 편안하고 유쾌하며 고상한 삶의 분위기를 망치기 시작했다. 남편과 아내는 더 자주 다투기 시작했고, 곧 이들 가족이 누리던 가벼움과 유쾌함은 사라지고 품위만 간신히 유지되었다. 예전 같은 장면들이 다시 반복되었다. 남편과 아내가 폭발하지 않고 잠시 쉬어 갈 수 있는 작은 섬들이 다시 떠오르곤 했지만 그 섬의 수는 아주 적었다.

쁘라스꼬비야 표도로브나는 이반 일리치가 까다로운

사람이라고 몰아세웠는데, 이번에는 아주 근거가 없는
말도 아니었다. 부풀려 말하기 좋아하는 특유의 버릇대
로, 아내는 자기처럼 착한 사람이나 저렇게 괴팍한 사람
을 20년씩 데리고 살 수 있다고 구시렁거렸다. 사실 요
근래 벌어진 다툼은 모두 이반 일리치로부터 시작된 것
이었다. 그는 꼭 식사를 앞두고, 혹은 수프를 뜨기 시작
할 즈음부터 사사건건 트집을 잡았다. 그릇의 이가 나갔
다는 둥, 음식 맛이 영 아니라는 둥, 아들 녀석은 왜 식탁
에 팔꿈치를 올리고 있냐는 둥, 딸애의 머리는 왜 저 모
양이냐는 둥 온갖 트집을 잡았고, 이 모든 것을 쁘라스꼬
비야 표도로브나의 탓으로 돌렸다. 처음에는 쁘라스꼬비
야 표도로브나도 울화가 터져 험한 말로 받아쳤지만, 두
어 번 이반 일리치가 밥상머리에서 미친 듯이 화를 내는
걸 보고는 이것이 음식 섭취와 관련된 모종의 질병이라
는 생각에 꾹 참았다. 그녀는 남편에게 대드는 대신 서둘
러 식사를 마쳤다. 쁘라스꼬비야 표도로브나는 자신의
참을성을 대단한 미덕이라고 여겼다. 남편의 끔찍한 성
격 때문에 자신이 불행하게 되었다고 생각하자 그녀는
스스로가 불쌍해지기 시작했다. 자기가 불쌍하다는 생각
이 들면 들수록 남편이 미워졌다. 그녀는 남편이 어서 죽
었으면 하고 바라기도 했지만, 그가 죽으면 그의 봉급도
함께 사라질 것이기 때문에 그럴 수도 없는 노릇이었다.
그리고 바로 그러한 점 때문에 그녀는 남편에게 더욱더

화가 치밀었다. 남편의 죽음조차 자신을 구원해 줄 수 없다는 생각이 들자, 자기 자신이 끔찍할 정도로 불행하다고 느꼈다. 그녀는 분노가 치밀었지만 이를 숨겼고, 그녀가 이처럼 자신의 분노를 숨기는 모습은 그의 분노를 더욱 부채질했다.

어느 날, 이반 일리치가 유별나게 억지를 부리는 바람에 한바탕 말다툼이 벌어지고 난 후, 이반 일리치는 자신이 화를 낸 것은 사실이지만, 그건 몸이 아파서 그런 것이라고 털어놓았다. 아내는 만약 병에 걸린 거라면 치료를 해야 하지 않겠냐면서, 저명한 의사를 찾아가서 진료를 받아 보라고 재촉했다.

그는 의사를 찾아갔다. 모든 게 예상한 대로였다. 병원에서 으레 벌어지는 상투적인 일들이 여기서도 그대로 벌어졌다. 진료 순서를 기다리는 것도, 그리고 이반 일리치 자신이 법정에서 짓는 것과 똑같아서 전혀 낯설지 않은 저 근엄한 척 무게 잡는 의사의 표정도 예상과 똑같았다. 이곳저곳 두드려 보기, 청진기 대보기, 뻔한 답변을 요구하는 중요치 않은 질문 던지기도 마찬가지였다. 〈우리에게 맡기세요, 우리가 전부 다 알아서 합니다, 우리는 다 알고 있습니다, 무엇이든 다 잘합니다, 누구든 다 똑같이 잘해 드립니다〉라고 말하는 듯한 심각한 표정도 똑같았다. 모든 것이 법정에서 벌어지는 것과 똑같았다. 그가 법정에서 피고를 앞에 두고 짓는 표정을, 이 저명한 의사가 그의 앞에서 똑같이 짓고 있었다.

의사는 말했다. 〈이러저러한 증상은 환자분 몸에 이러저러한 것이 있다는 걸 의미합니다. 그런데 검사 결과에서 이러저러한 것이 확인되지 않는다면 환자분의 병은 이러저러한 것이라고 가정해 볼 수 있습니다. 그러나 만약 병이 이러저러한 것이라고 가정한다면 그때는, 음, 또……〉 등등, 등등. 이반 일리치가 알고 싶은 것 단 한 가지, 자신의 병이 위중한지 아닌지였다. 그러나 의사는 그런 부적절한 질문은 무시했다. 의사의 입장에서 그 질문은 무의미할 뿐만 아니라, 논의할 가치도 없는 것이었다. 중요한 것은 오로지 그것이 신하수증인지, 만성 카타르인지, 아니면 만성 맹장염인지를 파악하는 일이었다. 이반 일리치의 생명에 관한 질문은 없었다. 오로지 신하수증과 만성 맹장염 중 어떤 쪽으로 정할지에 관해서만 떠들어 댔다. 마침내 의사는 이반 일리치의 눈앞에서 의기양양하게 이것이 만성 맹장염일 확률이 높다는 쪽으로 가닥을 잡았다. 단, 소변 검사 결과 새로운 증거가 나오면 재검사를 해야 한다는 말도 덧붙였다. 이 모든 것은 이반 일리치가 피고를 앞에 세워 놓고 수천 번도 넘게 사용했던 그 방법과 놀랍도록 일치했다. 의사도 역시 안경을 살짝 내려 피고를 쓱 한 번 훑어본 뒤 위풍당당하게, 심지어 명랑하게 결론을 내렸다. 의사의 간략한 설명을 들은 이반 일리치는 자신의 건강이 안 좋은 상태이지만,

이 의사, 아니 어쩌면 모든 이에게 그런 것은 아무 상관이 없을 것이라는 결론에 도달했다. 이러한 결론에 도달하자 이반 일리치는 고통스러운 충격에 휩싸였다. 그는 자신에 대한 깊은 연민을 느꼈고 이토록 중대한 문제에 무관심한 의사에게 엄청난 적의를 느꼈다.

그러나 그는 묵묵히 자리에서 일어나 진료비를 탁자에 내려놓은 후 깊은 한숨을 내쉬며 말했다.

「저 같은 환자들이 선생님께 적절치 않은 질문을 자주 한다는 걸 알긴 합니다만, 그러니까, 이게 위험한 병입니까, 아닙니까……?」

의사는 안경 너머 한쪽 눈으로 이반 일리치를 근엄하게 바라보았는데, 그 눈은 마치 〈피고, 만일 당신이 허용 범위를 벗어난 질문들을 한다면 나는 피고를 법정 밖으로 끌어내라는 명령을 내릴 수밖에 없습니다〉라고 말하고 있는 것 같았다.

「필요하고 적절하다고 생각되는 것은 이미 다 말씀드렸습니다. 더 정확한 것은 검사 결과가 나와 봐야 알겠지요.」의사는 이렇게 말하고 가볍게 목례를 했다.

이반 일리치는 천천히 병원 밖으로 나와 힘없이 마차에 올라탄 후 집으로 향했다. 그는 집에 가는 길 내내 의사가 말한 내용을 하나하나 곱씹어 보고, 복잡하고도 불분명한 의학 용어들을 쉬운 말로 바꿔 보려 안간힘을 썼다. 〈상태가 안 좋다는 건데……. 아주 안 좋다는 건지, 아니면 아직은 괜찮다는 건지.〉속 시원히 알고 싶었다. 결국 의사가 한 모든 말을 종합해 보니, 자신의 상태가 심각하다는 얘기 같았다. 이반 일리치의 눈에는 거리의 모든 것이 슬퍼 보였다. 경마차도 슬퍼 보이고 건물들도 슬퍼 보이고 행인과 가게까지 모두 슬퍼 보였다. 잠시도 쉬지 않고 고통스럽게 그를 찾아오는 정체불명의 이 통증은 이제 의사의 불분명한 말들과 어우러져 무언가 다른, 한결 심각한 의미를 갖는 것 같았다. 이반 일리치는 새삼 무거워진 마음으로 자신의 통증에 신경을 곤두세웠다.

집에 도착한 그는 아내에게 병원에 다녀온 얘기를 해 주었다. 아내와 이야기를 나누고 있는 도중에 모자를 쓴 딸이 방으로 들어왔다. 그들은 외출을 하려던 참이었던 것이다. 딸은 앉아서 그 따분한 이야기를 들어 보려 노력했지만 오래 견디지 못했고, 아내 역시 남편의 이야기를 끝까지 듣지 않았다.

「뭐, 어쨌든 안심이 되네요.」아내가 말했다. 「그러니까 이제부터 꼬박꼬박 약을 챙겨 먹으면 되겠네요. 처방전 좀 이리 줘봐요. 게라심더러 약국에 다녀오라고 할게요.」이렇게 말하고 아내는 옷을 갈아입기 위해 방에서 나갔다.

그는 아내가 방 안에 있는 동안에는 숨도 제대로 못 쉬다가 그녀가 방을 나가자 그제야 깊게 한숨을 내쉬었다.

「그래,」그는 중얼거렸다. 「어쩌면, 정말 아직은 아무것도 아닐지도 몰라.」

그는 약을 복용하며 의사의 지시 사항을 지키기 시작했는데, 지시 사항이란 것은 소변 검사 결과에 따라 달라졌다. 그러나 바로 이 시점에서 검사 결과와 검사 결과에 상응해야 할 증상이 일치하지 않는 혼란스러운 사태가 발생했다. 아직 대놓고 의사를 탓할 순 없었지만, 어쨌거나 의사가 그에게 이야기한 것과 다른 증상들이 나타난 것이다. 의사가 무언가를 놓쳤거나, 아니면 거짓말을 했거나, 그것도 아니라면 무언가를 감추고 있는 것이었다.

그래도 이반 일리치는 정확하게 의사의 지시 사항을 따랐고 처음 한동안은 거기서 위안을 찾았다.

의사를 만나고 온 이후로 위생이나 약 복용에 관한 의사의 지시 사항을 철저하게 지키고 또 자신의 통증과 몸속 기관의 상태에 세심한 주의를 기울이는 것이 이반 일리치의 주된 일과가 되었다. 인간의 질병과 건강이 그의 주된 관심사로 떠올랐다. 누군가가 그의 앞에서 아픈 사람이나 죽은 사람, 혹은 병을 이겨 낸 사람, 특히 자신과 유사한 병세를 보이는 사람에 대해 얘기하면 그는 애써 흥분을 감추고 경청했으며 이것저것 꼬치꼬치 캐물은 다음 그 내용을 자신의 증상에 적용시켜 보았다.

통증은 줄어들지 않았다. 그러나 이반 일리치는 좀 나아지는 것 같다고 생각하려고 무진 애를 썼다. 동요할 일이 없을 때에는 그런대로 자신을 속일 수 있었다. 그러나 아내와의 관계에서 불쾌한 일을 겪거나 업무에 차질이 생기거나 빈트 게임에서 안 좋은 패가 나오면 자신이 환자라는 것을 온몸으로 느꼈다. 이전에는 안 좋은 일이 생기면 좋은 쪽으로 해결하려고 투지를 불태웠으며 카드 게임에서 대역전승을 거두듯이 반드시 성공할 거라는 기대 속에서 이겨 냈다. 그러나 지금은 조금만 일이 잘못되어도 실의에 빠지곤 했다. 〈이런 젠장, 이제 좀 낫는가 싶었는데, 약이 좀 듣기 시작했는데, 이런 빌어먹을 거지같은 일들이 생기다니……〉하며 구시렁거렸다. 그는 자신에게 닥친 불행, 그리고 자신을 불쾌하게 만들며 파멸로 몰고 가는 사람들에게 화를 쏟아부었다. 이러한 분노가 자기를 죽이고 있다는 것을 알면서도 그는 좀처럼 참을 수가 없었다. 주변 상황과 사람들에 대한 분노가 병세를 더욱 악화시키므로 불쾌한 일에는 신경을 꺼야 한다는 것을 이반 일리치가 모를 리 없었다. 그러나 그는 알고 있는 것과 완전히 반대로 행동했다. 그는 자기에겐 안정이 필요하다고 말하면서 혹시라도 무언가가 자신의 안정을 위협하지는 않나 싶어 매사에 신경을 곤두세우고 있다가 아주 작은 일에도 벌컥벌컥 화를 냈다. 의학 서적들을 이것저것 찾아 읽고 이 의사 저 의사 찾아다니는 것도 그의 상태를 악화시키는 요인이었다. 병세가 아주 서서히 악화되는 바람에 그는 어제나 오늘이나 별 차이가 없다고 느꼈고 그래서 스스로를 속일 수 있었다. 그러나 의사에게 진찰을 받을 때면 그는 자신의 병세가 아주 빠르게 악화되고 있다는 것을 실감했다. 그러나 그럼에도 불구하고, 그는 계속해서 이 의사 저 의사를 찾아다녔다.

이번 달에도 그는 또 다른 저명한 의사를 찾아갔다. 이 의사 역시 첫 번째 의사와 비슷한 이야기를 했으나 조금 다른 관점에서 문제를 보았다. 그러나 이 저명한 의사의 조언은 이반 일리치의 의심과 공포를 증폭시키기만 했다. 그의 친구의 친구이자 또 다른 훌륭한 의사 한 명은 완전히 다른 진단을 내놓으며 이반 일리치의 병이 완치될 수 있다고 장담까지 했지만 그가 늘어놓는 질문과 여러 가지 추측들은 이반 일리치의 혼란과 의혹만 더욱더 가중시켰다. 동종 요법 전문의는 완전히 다른 진단과 함께 약을 처방했다. 이반 일리치는 아무도 모르게 그 약을 일주일간 복용해 보았다. 그러나 일주일이 지나도 차도가 느껴지지 않자 이번 진단뿐 아니라 이전의 진단들에 대해서도 신뢰를 잃어버리고는 더 깊은 우울감에 빠지고 말았다. 한번은 잘 알고 지내던 어떤 부인이 이콘[5]을 이용해 병을 완치하는 방법이 있다는 이야기를 해주었다. 이반 일리치는 그런 얘기에 솔깃해서 부인의 말에 맞장구를 치는 자신을 발견하고는 아연실색했다. 〈아니, 내가 이 정도까지 망가졌단 말인가?〉 그는 혼잣말로 중얼거렸다. 〈말도 안 돼! 전부 헛소리야. 의심하면 안 돼. 의사를

5 러시아 정교의 성화.

딱 한 사람 정해 놓고, 그 의사의 치료법만 엄격하게 따라야 해. 그래, 그렇게 할 거야. 이제 됐어. 이제부터는 생각 따윈 다 접고 일단 여름까지만이라도 한 가지 치료 방법만 철저하게 따라 보자고. 그렇게 하면 분명 뭔가 달라지는 게 있겠지. 우왕좌왕하는 것도 이제 끝이야⋯⋯!〉 이렇게 말하는 건 쉬웠지만, 실천하는 것은 불가능했다. 옆구리 통증은 점점 심해지면서 그를 괴롭히더니 아예 만성으로 굳어지는 것 같았다. 입에서는 점점 더 이상한 맛이 느껴졌으며, 뭔가 역겨운 냄새가 올라오는 것만 같아 식욕이 사라져 버렸고, 기력은 점차 쇠약해져만 갔다. 이제는 더 이상 자신을 속일 수가 없었다. 이제까지 그가 살아오면서 단 한 번도 경험해 보지 못한 무섭고 낯설고 의미심장한 무언가가 그의 몸속에서 일어나고 있었다. 그걸 아는 것은 오직 그 자신뿐이었다. 주변 사람들은 이해하지 못했고 이해하려 들지도 않았다. 그들은 세상이 전과 다름없이 흘러가고 있다고 생각했다. 바로 이 점이 무엇보다도 이반 일리치의 마음을 아프게 했다. 그가 보기에 가족들, 특히 근래 들어 사교계에서 날리기 시작한 아내와 딸은 이해는 고사하고 그가 심술맞고 까다롭게 군다며 화까지 냈다. 마치 모든 게 그의 책임이라는 것 같았다. 물론 그들은 그런 눈치를 보이지 않으려고 애썼지만 이반 일리치는 자신이 그들에게 짐이 되고 있다는 것을 알고 있었다. 아내는 그의 병에 대해 그녀가 취할

분명한 태도를 정해 놓은 후 그가 무슨 말을 하든, 무슨 짓을 하든 꿋꿋하게 자기 식대로 대처했다. 예컨대 이런 식이었다.

「그러니까 말이지요.」 지인들이 있는 자리에서 그녀는 이렇게 이야기했다. 「착한 사람들이 으레 다 그렇듯이 이반 일리치도 의사가 지시한 사항을 철저하게 지키지 못하더라고요. 가령 오늘은 지시받은 대로 약도 먹고 식사도 하고 제시간에 잠자리에 든다고 쳐요. 하지만 다음 날에는 제가 잠깐 한눈파는 사이에 약 먹는 것도 잊어버리고 먹지 말라는 철갑상어를 먹는답니다. 그리고는 새벽 1시까지 빈트 게임을 하다가 집에 들어오는 거죠.」

「아니, 내가 언제 그랬어?」 이반 일리치가 발끈하여 말했다. 「뾰뜨르 이바노비치네 집에 가서 딱 한 번 놀다 온 걸 가지고는.」

「어제는 셰베끄 씨네 집에 다녀왔잖아요.」

「어차피 아파서 잠을 잘 수가 없었다고…….」

「이유야 어찌 되었건 간에, 계속 그렇게 한다면 절대로 병은 나을 수가 없어요. 괜히 우리만 괴롭히는 거죠.」

쁘라스꼬비야 표도로브나가 남편의 병에 대해 남편은 물론 다른 사람들한테까지 드러내 보인 생각은 이랬다. 남편의 병은 순전히 그의 책임이며, 그의 병 때문에 부인인 자기는 더욱더 힘들게 되었다는 것이다. 이반 일리치는 아내의 생각이 그냥 부지불식간에 드러난 것이라는 걸 알았지만 그렇다고 해도 마음은 편해지지 않았다.

법원에서도 이반 일리치는 사람들이 자기를 쳐다보는 시선이 조금 이상해졌다는 것을 알아차렸다. 아니 알아차렸다기보다는 그냥 그렇게 생각한 것인지도 모른다. 어떤 때는 사람들이 곧 자리를 비울 사람 보듯 그를 보는 것 같았다. 또 어떤 때는 별안간 친근하게 굴면서 너무 건강을 염려하는 것 아니냐며 놀려 대기도 했다. 들어 본 적도 없는 무시무시하고 끔찍한 무언가가 한 인간의 몸 안에서 꿈틀거리며 쉴 새 없이 그를 빨아들여 어디론가 사정없이 끌고 가는 것이 농담거리라도 된단 말인가. 특히, 시바르쯔의 장난기 넘치고 생기발랄하면서도 고상한 모습을 보면 이반 일리치는 10년 전 자신의 모습이 떠올라 더욱 화가 났다.

한번은 친구들이 집으로 찾아와 카드를 치기 위해 둘러앉았다. 패가 돌아가자, 모두들 새 카드를 살짝 구부려 부드럽게 만들었다. 다이아몬드는 다이아몬드끼리 모았다. 모두 일곱 장이었다. 같은 편 선수가 으뜸패 없이 하겠다며 이반 일리치에게 다이아몬드 두 장을 밀어 주었다. 무엇을 더 바라겠는가? 신바람이 나고 기운이 샘솟았다. 이미 이긴 게임이었다. 그런데 별안간 이반 일리치는 예의 그 빨아들이는 듯한 통증과 입속의 그 이상한 맛을 느꼈다. 이런 상황에서 카드 게임에서 이길 생각으로 즐거워할 수 있다는 게 어딘지 괴기하게 느껴졌다.

그는 파트너인 미하일 미하일로비치를 쳐다보았다. 그는 통통한 손으로 테이블을 탁탁 쳤고 정중하면서도 어딘지 남을 내려다보는 태도로 이반 일리치 앞에 유리한 패를 밀어 놓았다. 이반 일리치가 힘들여 멀리까지 팔을 뻗지 않고도 카드를 집어 드는 즐거움을 누리도록 해 주려는 것 같았다. 〈뭐야, 저 친구, 내가 팔 뻗을 힘도 없는 줄 아는 건가.〉 이반 일리치는 이렇게 생각하다가 실수로 자기편의 으뜸패를 내놓는 바람에 3점 부족으로 전승을 놓치고 말았다. 그러나 전승을 놓친 것보다도 끔찍한 것은 속상해하고 있는 미하일 미하일로비치를 보면서도 이반 일리치 자신은 아무렇지도 않았다는 점이었다. 그리고 어째서 아무렇지도 않은지를 생각하는 것은 더욱 끔찍했다.

다들 이반 일리치가 힘들어하는 것을 보고는 말했다. 「피곤하면 오늘은 이쯤에서 그만합시다. 좀 쉬세요.」 쉬라고? 천만에. 그는 조금도 피곤하지 않았다. 그들은 세 판 게임을 끝까지 밀고 나갔다. 다들 침울한 표정으로 입을 꾹 다물고 있었다. 이반 일리치는 분위기가 이렇게 가라앉은 것이 자기 탓이라는 것을 알았지만 어찌할 도리가 없었다. 저녁 식사를 한 후 동료들은 집으로 돌아갔다. 혼자 남은 이반 일리치는 자신의 삶에 스며든 독이 다른 사람들에게까지 퍼지고 있다는 것을 자각했다. 이 독은 약해지기는커녕 점점 더 기승을 부리며 그의 전 존재 속으로 침투해 들어오고 있었다.

　그는 이러한 생각과 더불어 육체적인 고통과 공포까지 끌어안은 채 매일 밤 잠자리에 누워야 했다. 통증 때문에 뜬눈으로 밤을 새우는 일이 다반사였다. 그러나 아침이면 자리에서 일어나 옷을 차려입고 법원으로 출근해서 말을 하고 서류를 작성해야 했다. 출근하지 않는 날에는 스물네 시간을 꼼짝 없이 집안에 틀어박혀 매분 매초 고통에 시달려야 했다. 그는 그렇게 파멸의 벼랑 끝에서 자신을 이해해 주고 불쌍히 여겨 주는 사람 하나 없이 홀로 외롭게 살아가야만 했다.

5

그렇게 두어 달이 흘러갔다. 새해를 앞두고 처남이 찾아와 그들 집에 머물렀다. 이반 일리치는 법원에 가 있었고 쁘라스꼬비야 표도로브나는 장을 보러 나가고 없었다. 이반 일리치가 귀가해서 서재에 들어서자 혈기 왕성한 처남이 짐을 풀고 있는 모습이 눈에 들어왔다. 이반 일리치의 발소리를 듣고 고개를 든 처남은 일순간 입을 열지 못했다. 그의 시선은 이반 일리치에게 모든 것을 말해 주고 있었다. 처남은 〈아〉 하고 외마디 탄식을 내뱉으려는 듯이 입을 열었다가 이내 꾹 닫았다. 말이 필요 없었다. 그의 동작만으로 충분했다.

「왜, 내가 많이 변했나?」

「네……. 좀 변하긴 하셨어요.」

이반 일리치는 대화를 풀어 가며 자신의 외모가 어떻게 변한 건지 처남에게 더 물어보고 싶었으나, 처남은 언급을 회피했다. 외출했던 쁘라스꼬비야 표도로브나가 집에 돌아오자 처남은 누나에게 갔다. 이반 일리치는 방문을 걸어 잠그고는 거울에 비친 자신의 모습을 관찰하기 시작했다. 처음에는 앞모습을, 그다음엔 옆모습을 살펴보았다. 그는 부부의 초상화를 가져와 그림 속 자신의 모습과 거울에 비친 모습을 비교해 보았다. 차이는 극명했다. 이반 일리치는 팔꿈치까지 소매를 걷어붙이고서 양팔을 살펴본 다음 소매를 내리고 소파에 앉았다. 그의 낯빛은 칠흑 같은 밤보다 더 어두웠다.

〈됐어, 신경 쓸 필요 없어.〉그는 혼잣말하며 벌떡 일어나 책상으로 가서 서류철을 꺼냈다. 서류를 읽기 시작했지만 한 자도 눈에 들어오지 않았다. 그는 문을 열고 거실로 나갔다. 응접실 문은 닫혀 있었다. 그는 발꿈치를 들고 조심조심 문 앞으로 다가가 대화를 엿듣기 시작했다.

「아니, 너무 과장하지 마.」쁘라스꼬비야 표도로브나가 말했다.

「과장이라니, 누나 눈에는 안 보여? 매형 얼굴은 죽은 사람 얼굴이야. 눈 좀 봐. 초점이 없잖아. 도대체 무슨 병에 걸린 거야?」

「아무도 모른대. 니꼴라예프(이 사람은 또 다른 의사였다)가 뭐라고 하던데 난 영 알아듣지 못하겠어. 레셰찌쯔끼(이 사람도 저명한 의사였다)는 생판 다른 얘기를 하고……」

이반 일리치는 조용히 물러나 자기 방으로 돌아와 벌

렁 누웠다. 생각이 꼬리를 물고 이어졌다. 〈그래, 신장이 문제야, 신하수증.〉 그는 신장이 제자리를 벗어나 왔다 갔다 한다던 의사의 설명을 곱씹어 보았다. 그러고는 가 까스로 상상력을 동원해 이리저리 움직이는 신장을 붙잡 아 제자리에 단단히 고정시켜 보았다. 그렇게 어려운 일 만은 아닌 것 같았다. 〈그래, 뾰뜨르 이바노비치를 다시 찾아가 봐야겠어(뾰뜨르 이바노비치는 의사 친구를 두 었다는 바로 그 사람이었다).〉 그는 벨을 눌러 말을 대라 고 한 뒤 외출 준비를 했다.

「장,[6] 어디 다녀오시게요?」 물어보는 아내의 목소리가 유난히 구슬프고 평소와 달리 상냥했다.

이 평소와 다른 상냥함이 그의 염장을 질렀다. 그는 침 통한 표정으로 아내를 바라보았다.

「뾰뜨르 이바노비치한테 가봐야겠어.」

그는 의사 친구를 두었다는 친구의 집으로 향했다. 그 리고 그와 함께 의사를 찾아갔다. 그는 의사와 오랜 시간 이야기를 나누었다.

의사의 소견을 들으며 자신의 몸 안에서 일어나고 있 는 일을 해부학적이고도 생리학적인 관점에서 상세하게 검토해 본 이반 일리치는 모든 것을 이해하게 되었다.

맹장에 한 가지 문제, 그것도 아주 조그만 한 가지 문 제가 있다. 그건 얼마든지 고칠 수 있는 것이다. 신체 기

6 이반의 프랑스식 이름.

관 중 한 기관에 에너지를 집중시키고 다른 기관의 활동을 약화시키면, 흡입 작용이 일어나서 모든 것이 정상으로 되돌아온다고 했다. 그는 식사 시간에 조금 늦게 나타났다. 식사를 하며 즐겁게 대화를 나누느라 그는 일하러 자기 방으로 돌아가야 한다는 것도 잊고 있었다. 마침내 서재로 돌아온 이반 일리치는 바로 업무에 착수했다. 서류를 읽어 가며 사무를 보았지만 이 일이 끝나면 마음 한편에 미뤄 두었던 무언가 중요한 일을 해야 한다는 생각이 머릿속을 떠나지 않았다. 업무를 마무리 짓고 나서 그는 마음 한구석에 미루어 뒀던 그 일이란 게 다름 아닌 맹장 문제라는 사실을 떠올렸다. 그러나 그는 이 생각을 일단 접어 두고 차를 마시러 응접실로 나갔다. 응접실은 손님들로 왁자지껄했다. 그들은 피아노를 치고 노래를 불렀다. 딸의 신랑감으로 점찍어 둔 예심 판사도 와 있었다. 쁘라스꼬비야 표도로브나의 눈에는 이반 일리치가 그 누구보다도 즐겁게 저녁 시간을 보내는 것처럼 보였지만 그는 자신이 맹장에 대한 중대한 생각을 뒤로 미뤄놓고 있다는 사실을 단 1초도 잊지 않고 있었다. 밤 11시가 되자 그는 손님들에게 인사를 하고 자신의 방으로 들어갔다. 병을 앓기 시작한 이후로 그는 서재에 딸린 조그만 방에서 혼자 잤다. 그는 방에 들어가 옷을 갈아입고 에밀 졸라의 소설을 한 권 집어 들었으나, 책을 읽는 대신 깊은 상념에 빠져들었다. 그의 상상 속에서 그토록 바라던 맹장 치료가 진행되고 있었다. 흡입, 제거, 정상적인 기능의 회복. 〈그래, 바로 이거다.〉 그는 혼잣말로 중얼거렸다. 〈자연의 섭리를 도우면 되는 거야.〉 그는 약을 잊어버린 게 생각나서 몸을 일으켜 약을 복용했다. 그러고는 다시 똑바로 누워 약효가 펴져 나가면서 통증을 완화시켜 주는 과정에 신경을 집중했다. 〈그저 제시간에 약을 잘 챙겨 먹고 건강에 해로운 것들을 피하기만 하면 돼. 흠, 벌써 좀 좋아진 것 같군, 아니, 훨씬 좋아졌어.〉 그는 옆구리를 짚어 보았다. 살짝 눌러 봐도 전혀 아프지 않았다. 〈아, 전혀 아프지가 않아. 확실히, 훨씬 좋아졌어.〉 그는 초를 끄고 옆으로 돌아누워 보았다······. 맹장이 낫고 있었다. 흡입 작용이 일어나고 있는 것이다. 그런데 갑자기 묵직하면서도 쿡쿡 찌르는 듯한 통증, 저 익숙하고 오래되고 집요하고 조용하고 지독한 통증이 찾아왔다. 입 안에서는 예의 그 익숙한 역겨운 맛이 다시 느껴졌다. 심장이 조여 들고 머릿속이 아득해졌다. 〈오, 맙소사, 하느님, 맙소사!〉 그는 중얼거렸다. 〈또, 또 시작이야, 절대로 끝나지 않을 거야.〉 그러자 갑자기 문제가 전혀 다른 각도에서 보이기 시작했다. 〈맹장? 신장?〉 그는 혼잣말을 했다. 〈이건 맹장 문제도 아니고 신장 문제도 아니야. 이건 삶, 그리고······ 죽음의 문제야. 그래, 삶이 바로 여기에 있었는데 자꾸만 도망가고 있어. 나는 그걸 붙잡아 둘 수가 없어. 그래. 뭣 하러 나를 속여? 나만 빼고 모두들

내가 죽어 가고 있다는 걸 알고 있어. 남은 시간이 몇 주냐, 며칠이냐, 그것만이 문제야. 어쩌면 지금 당장일 수도 있어. 빛이 있었지만 이제 캄캄한 어둠뿐이야. 나도 여기 있었지만, 곧 그리로 가겠지! 그런데 그게 어디지?〉 온몸에 소름이 쫙 끼치고 숨이 멎었다. 심장이 벌렁벌렁 뛰는 소리만 들렸다.

〈내가 더 이상 존재하지 않는다는 것은 무슨 뜻이지? 아무것도 없다는 건가? 내가 없어진다면 나는 어디에 있게 되는 거지? 정말 죽는 걸까? 안 돼, 싫어.〉 그는 벌떡 일어나 부들부들 떨리는 손으로 여기저기 더듬으며 초를 찾다가 초와 촛대를 바닥에 떨어뜨렸다. 그는 다시 베게 위로 벌렁 드러누웠다. 〈불은 켜면 뭐해? 다 마찬가진 걸.〉 두 눈을 부릅뜨고 어둠을 응시하면서 혼잣말로 중얼거렸다. 〈죽음, 그래, 죽음, 저들은 아무도 몰라. 알고 싶어 하지도 않아. 날 불쌍하게 여기지도 않아. 그냥 놀 따름이야(깔깔거리는 소리와 음악 소리가 문 너머에서 어렴풋이 들려왔다). 저들도 똑같아, 똑같이 죽게 될 거라고. 멍청이들. 내가 조금 먼저 가고, 저들은 조금 늦게 갈 뿐, 결국엔 다 마찬가지야. 그런데도 저렇게 좋을까, 짐승 같은 것들!〉 울화가 치밀어 숨이 막힐 것 같았다. 참을 수 없이 힘들고 고통스러웠다. 세상 모든 인간이 이토록 끔찍한 공포를 겪어야 하는 운명을 타고났을 턱이 없다. 그는 벌떡 일어났다.

〈뭔가 잘못됐어. 우선 진정하고 처음부터 다시 생각을 정리해 보자.〉 그는 모든 것을 곰곰이 되짚어 보기 시작했다. 〈그래, 병의 시작부터 생각해 보자. 옆구리를 부딪쳤지만, 그 날도, 그다음 날도 멀쩡했어. 조금 쑤시는 듯한 느낌이 들더니 그게 점차 심해져서 의사를 찾아갔었지. 그러다 우울해지고 불안해져서 다시 의사한테 갔지. 하지만 나는 점점 더 나락으로 떨어지고 있었던 거야. 점점 기운이 빠지고 점점 더 깊이 나락으로 내려갔어. 결국 이렇게 진이 다 빠지고 눈에서는 광채가 사라졌지. 이제 남은 것은 죽음인데, 나는 맹장 생각이나 하고 있다니. 맹장 고칠 생각에 전전긍긍하고 있지만 사실 문제는 죽음이야. 그런데 정말 나는 죽는 걸까?〉 또다시 공포가 그를 엄습했다. 그는 숨을 헐떡이며 허리를 굽혀 성냥을 찾다가 침대 옆 협탁에 팔꿈치를 부딪혔다. 협탁이 그를 아프게 하며 훼방을 놓는 것 같아 그는 벌컥 화를 내며 협탁을 뒤엎어 버렸다. 그는 될 대로 되라는 심정으로 가쁘게 숨을 몰아쉬며 침대에 풀썩 쓰러지듯 누웠다. 지금 당장 죽을 것만 같았다.

때마침 손님들은 돌아가고 있었다. 쁘라스꼬비야 표도로브나가 손님을 배웅하던 중에 쿵 하는 소리를 듣고는 남편 방으로 달려왔다.

「무슨 일이에요?」

「아무것도 아냐. 실수로 뭘 좀 떨어뜨렸어.」

그녀는 나가더니 초를 가지고 들어왔다. 그는 1킬로미터쯤 전속력으로 달려온 사람처럼 가쁜 숨을 몰아쉬며 누워 있었다. 그의 두 눈은 뚫어지게 아내를 바라보고 있었다.

「왜 그래요, 장?」

「그냥……. 뭘…… 좀…… 떨어뜨렸다니까.」 그는 이렇게 둘러대며 〈말을 해 뭐해. 어차피 알아듣지도 못할 텐데〉라고 생각했다.

아닌 게 아니라 그녀는 정말 아무것도 이해하지 못했다. 그녀는 촛대를 주워 들고 초에 불을 붙인 뒤 손님들을 마저 배웅하기 위해 서둘러 방을 나갔다.

아내가 다시 방으로 들어왔을 때도 그는 아까와 같은 자세로 누워서 천장을 응시하고 있었다.

「무슨 일이에요, 더 안 좋아졌어요?」

「응.」

아내는 고개를 절레절레 흔들며 남편 옆에 앉았다. 「있잖아요, 장, 레셰찌쯔끼 선생님을 집에 오시라고 하면 어떨까요.」

저명한 의사를 집으로 모시겠다는 건 돈을 아끼지 않겠다는 뜻이었다. 그는 표독스러운 미소를 지으며 말했다. 「싫어.」 그녀는 잠시 자리에 앉아 있더니 그에게 다가와서 이마에 입을 맞추었다.

그녀가 그의 이마에 입을 맞추는 순간 그는 온몸으로

그녀를 증오했다. 그녀를 확 밀쳐 버리고 싶은 충동을 간신히 억눌렀다.

「그럼 저 가요. 편안히 주무세요.」

「그래.」

6

　이반 일리치는 자신이 죽어 가고 있다는 사실을 깨닫자 절망 속에서 빠져나올 수가 없었다.

　그는 마음속 저 깊은 곳에서는 자신이 죽어 가고 있다는 걸 알고 있었지만, 그 사실에 익숙해질 수가 없었다. 뿐만 아니라 그 사실을 이해하지 못했고 이해할 수도 없었다.

　그가 키제베터[7] 논리학에서 배운 삼단 논법, 즉 〈카이사르는 사람이다, 사람은 죽는다, 그러므로 카이사르도 죽는다〉는 카이사르에게나 해당되는 것이지 자신에게는 절대로 해당될 리 없다고 생각하며 평생을 살아왔다. 카이사르는 인간, 즉 일반적인 인간이니까 삼단 논법이 적용되는 것은 당연하다. 그러나 그는 카이사르, 즉 일반적인 인간이 아니었고, 항상 다른 모든 존재들과 구분되는 특별한, 아주 특별한 존재였다. 그는 엄마와 아빠, 미짜,

---

　7　Johann Gottfried Kiesewetter(1766~1819). 독일의 철학자.

볼로자, 장난감들과 마부와 유모와 까쩬까[8]와 함께한 바
냐,[9] 유년 시절과 소년 시절과 청년 시절의 기쁨과 슬픔
과 환희를 간직한 바로 그 바냐였다. 어떻게 내가 그토록
좋아하던 줄무늬 가죽 공의 냄새를 카이사르가 맡을 수
있단 말인가! 어떻게 카이사르가 어머니의 손에 나처럼
그렇게 다정하게 입을 맞출 수 있단 말인가? 어떻게 어머
니의 비단 옷이 사각거리는 소리가 카이사르의 귀에도
들린단 말인가? 카이사르도 고기만두 한 조각 때문에 법
률 학교에서 소동을 피울 수 있어? 카이사르도 사랑에 빠
질 수 있어? 카이사르도 재판을 진행할 수 있냐고?

그렇다, 카이사르는 분명히 필멸의 인간이니 그가 죽
는 것은 당연하다. 그렇지만 나, 바냐, 수많은 감정과 생
각을 가진 이반 일리치에게 그건 전혀 다른 문제다. 내가
죽어야 한다는 것은 절대로 있을 수 없는 일이다. 그건
너무 끔찍한 일이다.

그는 그렇게 느꼈다.

〈내가 만약 카이사르처럼 죽어야 한다면 나도 알고 있
었을 거야. 내 안의 어떤 목소리가 말해 주었을 테니까.
하지만 그런 목소리 따위는 없었어. 나도, 내 친구들도
모두 우리가 카이사르와는 다르다고 알고 있었어. 그런

8 미쨔, 볼로자, 까쩬까는 각기 이반 일리치의 형제들과 누이인 미하
일, 블라지미르, 예까쩨리나의 애칭이다.
9 이반의 애칭.

데 이제서 이게 뭐냔 말이야!〉그는 계속 혼자서 중얼거렸다. 〈이럴 수는 없어. 이럴 수는 없다고. 그런데 이럴 수가 있네. 어떻게 이럴 수가 있지? 이걸 어떻게 이해하란 말이냐고?〉

그는 도무지 이해할 수 없었다. 그래서 이 거짓되고 잘못된, 병적인 생각을 머리에서 지워 버리고 그 자리에 올바르고 건강한 생각들을 채워 넣으려고 애썼다. 그러나 그 병적인 생각은 단순히 생각만이 아닌 무슨 실재하는 현실인 양 다시 찾아와 그의 앞에 버티고 섰다.

그는 그 생각의 자리에 새로운 생각들을 차례로 불러들였다. 그렇게 해서라도 의지할 데를 찾고 싶었던 것이다. 그는 죽음에 대해 잊어버릴 수 있도록 자신을 지켜 주던 지난날의 사고방식으로 돌아가고자 했다. 그런데 이상하게도, 한때 죽음에 대한 생각으로부터 그를 보호해 주고 감싸 주고 지켜 주던 예전의 모든 생각들이 이제는 더 이상 효과가 없었다. 근래 들어 이반 일리치는 죽음에 대한 생각을 차단해 주던 이전의 감정 상태를 복구하는 데 대부분의 시간을 할애했다. 그는 〈일하자, 일을. 나는 일 덕분에 사는 사람 아닌가〉 하고 중얼거리곤 했다. 그는 온갖 의혹들을 떨쳐 버리기 위해 법원으로 출근했다. 그는 동료들과 대화를 나누고, 늘 그랬듯이 이런저런 생각을 하며 재판정에 앉아 방청석을 지긋이 바라보았다. 뼈만 앙상한 두 팔을 참나무 안락의자의 팔걸이에 걸치고 여느 때처럼 몸을 기울여 옆자리 동료에게 서류를 밀어 주면서 이런저런 말을 속삭였다. 그러다가 돌연 몸을 꼿꼿이 세우고 정면을 똑바로 바라보면서 공식적인 몇 마디 말과 함께 재판의 시작을 알렸다. 그러나 재판이 진행 중인 도중에도 옆구리 통증이 찾아와 재판이야 어찌 진행되든 말든 전혀 아랑곳없다는 듯 그에게 빨아들일 듯한 고통을 퍼붓기 시작했다. 이반 일리치는 정신을 집중해서 통증에 대한 생각을 떨쳐 버리려 했지만 통증은 사라지지 않았다. 그러더니 죽음이 찾아와 그의 앞에 떡 버티고 서서 그를 빤히 바라보는 것 아닌가. 온몸에 소름이 쫙 끼치며 눈앞이 캄캄해졌다. 그는 또다시 자문하기 시작했다. 〈정녕 죽음만이 진실이란 말인가?〉 동료들과 부하 직원들은 그렇게도 뛰어나고 예리한 판사였던 그가 당황해하며 실수를 연발하는 모습을 보고는 놀라움과 안쓰러움을 금치 못했다. 그는 안간힘을 다해 정신을 수습하여 간신히 재판을 마무리 짓고 참담한 심경으로 집에 돌아왔다. 이제는 예전과 달리 법원 업무조차 그가 숨기고 싶어 하는 것을 숨겨 주지 못하고 죽음으로부터 그를 구해 줄 수도 없다는 사실이 확실해졌다. 무엇보다 끔찍한 것은, 죽음이 이반 일리치를 자꾸만 자기 쪽으로 끌어당기고 있다는 사실이었다. 그가 무언가를 하도록 하기 위해 그러는 게 아니었다. 단지 그로 하여금 형언할 수 없는 고통을 겪으며 죽음만을 쳐다보도록, 아무것도 하지 못하면서 오로지 죽음만을 똑바로 바라보도록 하기 위해 그러는 것이었다.

이러한 상태로부터 벗어나기 위해 이반 일리치는 위안이 될 만한 다른 방어막을 찾았으나, 이 방어막들은 잠시 그를 고통으로부터 구해 주는가 싶다가도 곧 무너져 버렸다. 아니, 무너졌다기보다는 속이 보이도록 투명해졌다는 게 맞는 말일 것이다. 죽음은 모든 벽을 뚫으며 침투해 들어와 그 무엇으로도 막아 낼 수 없는 것 같았다.

근래 들어 이반 일리치는 자신이 직접 꾸민 응접실에 부쩍 자주 나오고는 했다. 이 응접실은 그가 사다리에서 떨어졌던 곳이다. 그때 다친 옆구리에서 병이 시작되었으니까 그는 결국 목숨을 바쳐 응접실을 꾸며 놓은 꼴이었다. 그 생각을 하면 쓴웃음이 절로 나왔다. 그는 응접실에 들어가 이곳저곳을 살펴보다가 래커 칠을 한 탁자에 무언가에 긁힌 듯 푹 팬 홈집이 나 있는 것을 발견했다. 그는 원인을 알아냈다. 앨범의 청동 장식 한쪽 모서리가 툭 튀어나와서 홈집을 낸 것이다. 그는 자신이 애정을 쏟아 만든 소중한 앨범을 집어 들어 보고는 딸과 딸친구들의 부주의함에 화를 냈다. 찢겨져 나간 곳도 있고 사진이 거꾸로 붙어 있는 곳도 있었다. 그는 정성껏 앨범을 정리하고 구부러진 장식도 펴놓았다.

앨범을 정리하고 나자 앨범이 놓인 *établissement*(탁자)을 꽃나무가 있는 다른 쪽 구석으로 옮겨야겠다는 생각이 들었다. 그는 하인들을 불렀으나, 아내와 딸이 도움을 준답시고 와서는 그러지 말라며 뜯어말렸다. 그는 화가 나서 그들과 대판 싸웠다. 그러나 어찌 보면 다행이었다. 적어도 그러는 동안만큼은 죽음에 대한 생각이 떠오르지 않았고 죽음 역시 모습을 드러내지 않았기 때문이다.

그가 씩씩거리며 직접 가구를 옮기려 하자, 아내는 〈제발요. 하인들 시키세요. 그러다가 또 다쳐요〉라고 말하며 그를 말렸다. 그 순간 그는 방어막들 사이로 어슴푸레 모습을 드러낸 죽음을 보고야 말았다. 어슴푸레 나타난 것 뿐이니 곧 사라지려니 생각하면서도 그는 무의식중에 옆구리에 신경을 집중했다. 모든 것이 그대로였고, 옆구리가 다시 쑤시듯 아파 왔다. 그는 다시금 죽음의 존재를 잊어버릴 수가 없게 되었다. 죽음은 꽃나무 너머로 그를 빤히 바라보고 있었다. 이게 다 무슨 소용이란 말인가?

〈그래 맞아. 바로 여기서, 바로 저 커튼을 달다가 기습을 당하듯 그렇게 목숨을 잃게 된 거야. 세상에! 얼마나 끔찍하고도 멍청한 일인가! 이럴 수는 없어! 이럴 수는 없어, 하지만 이렇게 되었어.〉

이반 일리치는 서재로 돌아가 자리에 누웠다. 그는 또다시 죽음과 단둘이 남겨졌다. 죽음과 마주 보고 있었지만 할 수 있는 것은 아무것도 없었다. 그저 죽음을 바라보며 차갑게 식어 가는 자신을 느낄 뿐이었다.

7

석 달 만에 이반 일리치가 어떻게 이런 지경에까지 이
르게 되었는지 설명하기란 불가능했다. 그의 병은 눈에
띄지 않게 아주 서서히 악화되었기 때문이다. 모든 이들
의 관심은 그가 과연 언제 자신의 자리를 비워 주게 될
것인지, 과연 언제 사람들을 그의 존재로 인해 야기된 의
무와 압박에서 해방시켜 주고 자기 자신도 고통에서 자
유롭게 될 것인지에 쏠려 있었다. 아내와 딸, 아들, 하인
들, 지인들과 의사들은 물론 이반 일리치 자신도 이 점을
분명히 알고 있었다.

그는 점점 잠이 줄었다. 아편과 모르핀이 투여되기 시
작했다. 그러나 통증은 줄어들지 않았다. 처음에는 반쯤
마취된 상태에서 오는 몽롱한 느낌이 뭔가 새로운 감각
처럼 느껴지면서 도움이 되는 것도 같았으나, 얼마 지나
지 않아 그러한 몽롱한 느낌은 아무런 효과가 없는 것은
물론이거니와 오히려 진짜 통증보다 더 고통스러운 것이

되어 갔다.

그는 의사들의 처방에 따라 특별히 조리된 음식을 먹었다. 이 음식들은 점점 더 맛도 없고 역하게 느껴지기만 했다.

배뇨와 배변 시에도 특수 제작된 용변기를 사용해야 했는데, 이를 사용하는 것은 매번 고통의 연속이었다. 불결함과 창피함과 냄새가, 그리고 용변조차 다른 사람의 도움을 받아야 한다는 생각이 그를 너무나 괴롭혔다.

그러나 이처럼 불쾌한 상황에서 이반 일리치에게 위안을 주는 존재가 나타났다. 주방 하인 게라심이 배설물을 치우기 위해 늘 이반 일리치의 방에 찾아왔던 것이다.

농부 출신의 게라심은 도시물을 먹어 깨끗하고 건강하고 통통하게 살이 오른 젊은이였다. 언제 보아도 항상 밝고 명랑했다. 처음 얼마간 이반 일리치는 항상 러시아식으로 말끔하게 차려입은 게라심한테 이런 지저분한 일을 시킨다는 게 민망하기만 했다.

한번은 용변기에서 일어났으나 바지를 추켜올릴 힘이 없어 그대로 푹신한 안락의자에 주저앉은 적이 있었다. 그는 핏줄이 툭툭 불거진 자신의 허약한 허벅지가 노출된 모습을 공포에 가득 차 내려다보았다.

그때 두꺼운 장화에서 기분 좋은 타르 냄새를 풍기며 신선한 겨울 공기와 함께 경쾌하고도 힘찬 걸음으로 게라심이 들어왔다. 게라심은 삼베로 만든 깨끗한 앞치마를 두르고 사라사 천으로 지은 깨끗한 루바시까[10]를 입고 있었는데 걷어 올린 소매 아래로 튼튼한 젊은이의 팔뚝이 드러나 보였다. 게라심은 자신의 얼굴에 드러나는 찬란한 삶의 기쁨이 행여 환자에게 모욕감을 주지나 않을까 싶어 애써 억누르는 것 같았다. 그는 이반 일리치 쪽으로는 눈길도 주지 않고 곧장 용변기 쪽으로 걸어갔다.

「게라심.」 이반 일리치가 힘없이 불렀다.

게라심은 혹시 자신이 무슨 실수라도 한 건 아닐까 싶어 흠칫 놀라는 듯했다. 그는 이제 막 수염이 나기 시작한 젊고 씩씩하고 선량하고 순박한 얼굴을 얼른 환자 쪽으로 돌렸다.

「예, 부르셨습니까?」

「자네 이런 일 하는 게 달갑지는 않겠지. 미안하네. 나도 어쩔 수가 없어서 말이지.」

「별말씀을요, 나리.」 게라심은 두 눈을 반짝이며 하얗고 튼튼한 이를 드러내 보였다. 「힘들긴요. 나리께서는 편찮으시잖아요.」

게라심은 힘센 두 팔로 능숙하게 손에 익은 일을 해치우고는 가벼운 걸음걸이로 방을 나갔다. 5분 후, 게라심은 다시 가벼운 걸음걸이로 돌아왔다.

이반 일리치는 안락의자에 그대로 널브러져 있었다.

「게라심,」 게라심이 깨끗하게 씻은 용변기를 제자리에

10 러시아식 셔츠.

놓자 이반 일리치가 그를 불렀다. 「이리 와서 나를 좀 도와주게.」게라심이 다가왔다. 「날 좀 일으켜 줘. 혼자서는 어렵군. 드미뜨리는 내보냈어.」

게라심이 가까이 다가왔다. 그는 걸을 때와 마찬가지로 가볍게, 튼튼한 두 팔로 주인을 능숙하고 부드럽게 안아 일으켜 세워 주었다. 한 손으로는 그를 붙잡고 다른한 손으로는 바지를 치켜서 입혀 주고는 의자에 앉히려 했다. 그러나 이반 일리치가 소파로 가고 싶다고 하자 게라심은 너무 꽉 잡지 않으면서도 가뿐하게 안다시피 해서 그를 소파에 데려가 앉혔다.

「고맙네. 자네는 참 척척 잘해 내는군…… 무슨 일이든지 잘해.」

게라심은 다시 한번 미소를 지어 보이고는 방을 나가려 했다. 그러나 이반 일리치는 게라심과 함께 있는 것이 좋아, 그를 보내려 하지 않았다.

「저기, 저 의자 말이지, 저걸 내 쪽으로 좀 밀어 주겠나. 아니, 이 의자 말일세, 그걸 다리 밑에 좀 받쳐 주게. 다리를 올리고 있으면 훨씬 편안하거든.」

게라심은 의자를 번쩍 들고 와 소리도 없이 단번에 바닥에 내려놓고는 이반 일리치의 다리를 의자 위에 올려주었다. 이반 일리치는 게라심이 다리를 높이 들어 올리는 순간 편안한 느낌이 들었다.

「다리를 높이 올려 두는 것이 더 편안할 것 같네.」이반 일리치가 말했다. 「저 쿠션도 가져와서 다리 아래쪽에 괴어 주겠나.」

게라심은 그대로 했다. 그는 다시 다리를 들어 올렸다가 내려놓았다. 게라심이 다리를 들고 있는 동안 이반 일리치는 다시 한번 편안해졌다. 그러나 게라심이 다리를 내려놓자 상태가 도로 나빠지는 것 같았다.

「게라심.」그가 불렀다. 「자네 지금 바쁜가?」

「전혀 바쁘지 않습니다요.」그가 주인을 대하는 어투는 도시에 와서 배운 것이리라.

「더 해야 할 게 있나?」

「제가 더 할 일이 뭐가 있겠습니까요. 오늘 할 일은 거의 다 끝내서 이제 내일 쓸 장작만 패면 됩니다요.」

「그러면 내 다리를 좀 높이 들어올려 주고 있으면 좋겠는데, 할 수 있겠나?」

「그럼은요, 해드리고 말고요.」게라심이 그의 다리를 높이 들어 올렸다. 이반 일리치는 이 자세에서만큼은 통증이 전혀 느껴지지 않는 것 같았다.

「그럼 장작은 어떻게 하지?」

「걱정 마십시오, 나리. 다 할 수 있습니다요.」

이반 일리치는 게라심에게 앉아서 다리를 들고 있으라고 한 뒤 그와 잠시 이야기를 나누었다. 이상하게도 게라심이 그의 다리를 들고 있는 동안은 몸이 훨씬 좋아지는 것 같았다.

그때부터 이반 일리치는 종종 게라심을 부르기 시작했다. 그는 게라심의 어깨에 다리를 걸쳐 놓고 그와 이야기 나누는 것을 좋아했다. 게라심은 조금도 힘든 내색 없이 기꺼이, 편안하고 순박하게 그의 부탁을 들어주어 이반 일리치를 감동시켰다. 다른 사람들이 가진 건강과 힘, 그리고 삶의 활력을 볼 때마다 이반 일리치는 속이 상하고 화가 났다. 그러나 건강과 힘과 활력이 넘치는 게라심의 모습을 볼 때면 화가 나기는커녕 오히려 마음이 편안해졌다.

이반 일리치를 가장 고통스럽게 한 것은 거짓이었다. 무슨 이유에서인지는 몰라도 모두가 묵인하고 있는 거짓말, 그는 죽어 가는 것이 아니라 단지 아플 뿐이다, 그러니 잠자코 치료를 받으면 좋아질 거라는 그 거짓말이 그를 괴롭혔다. 그는 앞으로 뭘 어떻게 하든 병에서 회복될 수 없으며 갈수록 더욱 심해지는 고통과 죽음만이 남아 있다는 것을 알고 있었다. 사람들의 거짓말은 그를 고문했다. 그들은 모두가 알고 있고 그도 알고 있는 사실을 인정해 주려 들지 않았다. 이반 일리치의 끔찍한 상태에 대해 거짓말을 하고 이반 일리치 자신도 그 거짓말에 동참하게 만들려고 했다. 거짓, 거짓, 그의 죽음을 코앞에 두고도 행해지는 이 거짓, 무시무시하고 장엄한 죽음의 의식을 한낱 문병이니 커튼이니 식사에 나온 철갑상어니 하는 것들로 격하시키는 이런 거짓이 이반 일리치를 무섭도록 고통스럽게 했다. 그는 사람들이 자신 앞에서 그런 우스꽝스러운 짓거리를 벌일 때면 〈거짓말은 그만둬. 내가 곧 죽는다는 건 너도 알고 나도 알고 있잖아. 그러니 제발, 거짓말만은 좀 그만둬〉라고 여러 번 소리를 지를 뻔했지만 이상하게도 단 한 번도 입 밖으로 내뱉지 않았다. 그럴 기력도 없었다. 그가 보기에 주변의 모든 사람들은 죽음이라는 무섭고 끔찍한 의식을 그저 어쩌다가 발생한 불쾌한 사건, 품위가 떨어지는 일 정도로(마치 고약한 냄새를 풍기며 응접실로 걸어 들어오는 사람을 대하듯이) 격하시켰다. 그가 평생토록 지키려 애썼던 〈품위〉라는 게 고작 그런 것이었다. 그도 알다시피 그를 불쌍히 여기는 사람은 없었다. 아무도 그의 처지를 이해하려 들지 않았기 때문이다. 오직 단 한 사람, 게라심만이 그의 처지를 이해하고 그를 가엾게 여겼다. 그래서 이반 일리치는 오로지 게라심과 있을 때에만 마음이 편했다. 그는 이따금 자신의 다리를 높이 올려 든 게라심이 옆에서 밤을 꼬박 새우면서 〈걱정하지 마세요, 이반 일리치 나리. 저야 아무 때나 자면 되니까요〉라고 말해 주는 것이 정말 좋았다. 아니면 불쑥 친근한 어투로 〈안 아프셨더라도 뭐 이 정도 못 해드리겠어요?〉라고 애교를 부리는 것도 좋았다. 오직 게라심만이 그에게 그 어떤 거짓말도 하지 않았다. 모든 점에서 볼 때, 게라심 하나만이 문제가 무엇인지를 이해하고 있었고, 이를 굳이 숨기려 하지 않았으며, 다만 점차 쇠잔해 가는 나약한 주인을 가엾게 여기고 있었다. 한번은 이반 일리치가 게라심에게 물러가도 된다고 하자 게라심은 이렇게 솔직하게 말하기도 했다.

「우리는 언젠가 다 죽습니다요. 그러니 수고 좀 못 할 이유가 없지 않겠습니까?」 그의 말에는 죽음을 앞둔 사람을 위해 고생 좀 하는 것이 전혀 힘들거나 괴롭지 않으며, 그 또한 언젠가 죽을 때가 되면 누군가가 자신을 위해 이렇게 수고해 주기를 바라고 있다는 심정이 담겨 있었다.

거짓말 외에, 아니 거짓말 때문에, 이반 일리치를 고통스럽게 했던 또 한 가지는 그 누구도 그가 바라는 만큼 그를 가엾게 여겨 주지 않는다는 사실이었다. 오랜 기간 고통스럽게 병마와 씨름하면서 이반 일리치는 사실대로 고백하는 것이 부끄럽기는 해도 누군가가 자신을 병든 어린아이 대하듯 마냥 불쌍히 여겨 주기를 그 무엇보다 간절히 소망했다. 아이를 달래며 보살피듯 다독여 주고 입을 맞춰 주고 자기를 위해 울어 주기를 바랐다. 수염이 하얗게 세어 가는 나이의 권위 있는 판사에게 그렇게 해 줄 수 없다는 것쯤은 그도 알고 있었다. 그럼에도 그는 여전히 누군가가 그렇게 해주기를 바라고 있었다. 그런데 게라심과의 관계에는 그 비슷한 무언가가 있었고, 그래서 그는 게라심과 있을 때면 위안을 얻었던 것이다. 이반 일리치는 꺼이꺼이 울고 싶었고 그런 자신을 누군가 달래 주고 같이 울어 주기를 바랐다. 그러나 법원 동료인 세베끄가 찾아오자, 이반 일리치는 소리 내어 울거나 다독임을 구하는 대신 진지하고 근엄하고 심각한 표정을 지었다. 그는 기계적으로 상소심 판결의 의미에 대한 자신의 의견을 말해 주고는 끝까지 그 의견을 고집했다. 바로 이 거짓, 주변 사람들과 그 자신의 거짓이 이반 일리치의 마지막 나날들을 해치는 가장 무서운 독이었다.

8

아침이었다. 게라심이 나가고 하인 뾰뜨르가 들어와 촛불을 끄고 커튼 한쪽을 젖힌 후 조용히 방 청소를 시작했다는 것만이 아침을 알리는 신호였다. 아침이건 저녁이건, 금요일이건 일요일이건 아무 상관도 없었다. 달라지는 건 아무것도 없었고 모든 것이 늘 똑같았다. 단 한 순간도 쉬지 않고 쿡쿡 쑤셔 대는 고통스러운 통증도 그대로였고, 아직 끊어지지 않은 생명이 서서히 빠져나가는 것을 몽롱하게 의식해야 한다는 것도 그대로였다. 저 끔찍하고 혐오스러운 죽음, 그것만이 단 하나의 현실일 뿐, 다른 것은 모두 허구였다. 그러니 날짜니 요일이니 시간이니 하는 게 무슨 의미가 있겠는가?

「차를 내올까요?」

〈이 녀석은 주인이란 무조건 아침마다 차를 마셔야 하는 줄 아나 보군.〉

「아니.」

93

「소파로 옮겨 드릴까요?」

〈방을 치워야 하는데 내가 방해가 된다 이거지. 더럽고 지저분하다 이거지.〉 이렇게 생각한 그는 다시 짤막하게 대꾸했다.

「아니, 그냥 둬.」

하인은 계속 부산을 떨었다. 이반 일리치가 팔을 뻗자 그는 기다렸다는 듯이 얼른 다가왔다.

「뭐 드릴까요?」

「시계.」

뾰뜨르는 지척에 놓인 시계를 집어 이반 일리치에게 건네주었다.

「8시 반이군. 아직 다들 자고 있나?」

「예, 그렇습니다. 바실리 이바노비치(그의 아들이었다) 도련님만 학교에 가셨고요, 쁘라스꼬비야 표도로브나 마님께서는 나리가 찾으시면 깨워 달라고 하셨습니다요. 마님을 불러 드릴까요?」

「아니, 됐어.」 그는 〈차나 한잔 마실까?〉 하고 생각했다. 「그래, 차를…… 좀 갖다 다오.」

뾰뜨르가 문 쪽으로 걸어갔다. 이반 일리치는 혼자 남는 게 두렵게 느껴졌다. 〈저 녀석을 더 붙잡아 두려면 어떻게 해야 하지? 그래, 약.〉 「뾰뜨르, 약 좀 가져와.」 〈그래, 어쩌면 아직 약이 도움이 될지도 몰라.〉 그는 물약을 숟가락에 따라 마셨다. 〈아니, 소용없어. 다 부질없어. 다 거짓이야.〉입안에서 예의 그 익숙하고 역겹고 절망적인 맛이 느껴지자 그는 이렇게 단정했다. 〈그래, 더는 아무것도 못 믿겠어. 그런데, 이 빌어먹을 통증은 어쩌면 이렇게 한시도 쉴 새가 없는 거냐.〉그는 신음 소리를 내뱉었다. 뾰뜨르가 돌아왔다. 「됐어, 차나 가져와.」

뾰뜨르가 나가자 혼자 남은 이반 일리치는 처절한 신음을 토해 냈다. 통증 때문만은 아니었다. 절망 때문이었다. 〈다 똑같아. 낮이건 밤이건 끝도 없이 언제나 다 똑같아. 차라리 빨리 왔으면. 그런데 뭐가 온다는 거지? 죽음, 암흑. 아니야, 아니야, 뭐가 됐든 죽음보다는 나아!〉

뾰뜨르가 쟁반에 차를 받쳐 들고 방으로 들어오자 이반 일리치는 그가 누구고, 왜 방 안으로 들어왔는지 알 수가 없어 한참 동안 멍하니 그를 바라보았다. 뾰뜨르는 자신을 낯설게 바라보는 이반 일리치의 눈길에 당혹스러워했다. 뾰뜨르가 쩔쩔매자 그때서야 이반 일리치는 정신을 차렸다.

「그래,」그가 말했다.「차……. 좋아, 거기 놔둬. 이제 좀 씻어야겠다. 새 셔츠도 좀 다오.」

이반 일리치는 세수하기 시작했다. 그는 중간에 잠깐씩 쉬어 가면서 손과 얼굴을 씻고, 이를 닦고 또 머리를 빗은 다음 거울을 들여다보았다. 그의 얼굴은 너무도 끔찍했다. 특히 힘없는 머리카락이 창백한 이마에 착 달라붙어 있는 모습은 무서웠다.

뾰뜨르가 셔츠를 갈아입혀 줄 때 그는 자기 몸뚱이를 보게 되면 더욱 끔찍할 거라는 생각이 들어 아예 시선을 돌려 버렸다. 마침내 단장이 끝났다. 그는 가운을 입고 담요를 두른 뒤 차를 마시려고 안락의자에 앉았다. 상쾌했다. 그러나 그것도 잠시, 찻잔에 입을 대는 순간 예의 그 역한 맛과 함께 지긋지긋한 통증이 되살아났다. 그는 억지로 차를 다 마시고는 다리를 쭉 뻗고 누웠다. 그런 다음 뾰뜨르를 내보냈다.

늘 이런 식이었다. 어디선가 한 줄기 희망이 반짝하는가 싶다가도 금방 절망의 파도에 휩쓸려 버리고 결국 똑같은 통증, 그 빌어먹을 통증, 똑같은 절망만 남고 모든 것은 언제나 그대로였다. 혼자 있을 때면 무섭도록 외로워서 누군가를 부르고 싶었지만, 정작 다른 사람들이 오면 기분이 더 나빠진다는 것을 그는 경험으로 알고 있었다. 〈모르핀 주사라도 좀 맞아서 다 잊어버릴 수 있다면 좋겠어. 의사한테 다른 방도를 더 찾아보라고 해야겠어. 이렇게는 안 되겠어. 더는 견딜 수가 없다고.〉

그렇게 한 시간, 두 시간이 흘렀다. 현관에서 벨이 울렸다. 의사인 것 같았다. 그의 예감은 적중했다. 씩씩하고 활기차고 명랑하고 투실투실한 의사의 얼굴은 〈겁낼 것 없어요, 우리가 다 알아서 해드릴게요〉라고 말하는 것 같았다. 의사는 그런 표정이 이 자리와 어울리지 않는다는 것을 알았겠지만 아침부터 프록코트를 차려입고 왕진을 다니는 사람의 얼굴에 각인된 표정은 쉽게 떨쳐 낼 수 있는 게 아니었다. 의사는 환자를 안심시키며 두 손을 힘차게 비볐다.

「어이쿠, 춥군요. 추위가 장난이 아니에요. 우선 몸 좀 녹이겠습니다.」 의사는 자기가 몸을 녹이는 동안만 잠깐 기다려 준다면, 아픈 걸 다 낫게 해주겠다는 듯이 말했다.

「좀 어떠십니까?」

이반 일리치가 느끼기에 의사는 〈잘 지내시죠?〉라고 말하려 하다가 그건 좀 아니라는 생각에 〈밤새 안녕하셨나요?〉라고 물어보는 것 같았다.

이반 일리치는 〈그렇게 거짓말을 하는 게 부끄럽다는 생각은 안 드시나?〉라는 표정으로 의사를 바라보았다.

그러나 의사는 그의 표정을 이해하려 들지 않았다.

이반 일리치는 입을 열었다.

「여전히 끔찍해요. 통증이 가시기는커녕 수그러들지도 않아요. 제발 어떻게든 손 좀 써주시오!」

「예, 예, 선생님 같은 환자분들은 항상 그러시지요. 자, 이제 좀 따뜻해졌어요. 꼼꼼하신 쁘라스꼬비야 표도로브나 부인께서도 제 몸이 얼었다고 뭐라 하시진 않을 것 같네요. 자 그럼, 볼까요.」 의사는 이렇게 말하고는 환자의 손을 잡았다.

의사는 좀 전의 장난기 어린 표정은 싹 거두고서 진지한 얼굴로 환자를 진찰하기 시작했다. 맥박을 재고 체온을 잰 뒤 여기저기 두들겨 보고 귀를 대보았다.

이반 일리치는 이 모든 것들이 무의미한 기만에 지나지 않는다는 것을 확신하면서도 의사가 무릎을 꿇고 앉아 심각한 표정으로 체조 선수처럼 팔을 이리저리 휘저으며 아래위로 귀를 갖다 대자 그만 깜빡 넘어가고 말았다. 변호사들의 말은 원래 거짓말이고 그들이 왜 거짓말을 하는지 그 이유까지 다 알면서도 거기 속아 넘어가는 것과 같은 이치였다.

의사가 소파에 꿇어앉아 이반 일리치의 몸 어딘가를 두들겨 보고 있을 때, 문 뒤에서 쁘라스꼬비야 표도로브나의 비단 옷자락이 스치는 소리가 들렸다. 의사 선생님이 오셨는데 왜 부르지 않았냐며 뾰뜨르를 나무라는 소리도 들려왔다.

그녀는 방으로 들어와 남편에게 입을 맞추고는 자기는 벌써부터 일어나 있었는데 뭔가 착오가 생겨 의사 선생님이 오셨을 때 나와 보지 못한 거라며 변명을 늘어놓았다.

이반 일리치는 아내의 전신을 머리끝에서 발끝까지 쭉 훑어보았다. 그녀의 뽀얀 피부, 포동포동한 몸, 깨끗한 팔과 목, 윤기가 좔좔 흐르는 머리칼과 생기가 넘치며 반짝이는 눈동자에 질책의 시선을 꽂아 박았다. 그는 온몸의 힘을 다 짜내서 아내를 증오했다. 그녀와 몸이 살짝 스치기만 해도 증오심이 부글부글 끓어올라 견딜 수가 없었다.

남편과 남편의 병에 대한 그녀의 태도는 예전과 똑같았다. 의사가 환자에게 일정한 태도를 정해 놓듯이 그녀도 남편에 대한 한 가지 태도를 정해 놓았다. 남편은 의사가 시키는 대로 하지 않기 때문에 병이 낫지 않는다, 고로 모든 것은 남편 책임이다. 그러나 자기는 그런 남편을 사랑으로 나무라고 있다, 이런 식의 태도를 고수했다.

「어쩌나 말을 안 듣는지 몰라요! 약도 제시간에 먹는 법이 없어요. 제일 큰 문제는 다리를 저렇게 위로 들어 올리고 누워 있겠다고 하는 거예요. 몸에 해로울 게 분명한데 말이에요.」

그녀는 이반 일리치가 게라심에게 다리를 들고 있게 한다고 의사에게 일러바쳤다.

의사는 조롱조의 부드러운 미소를 지었다. 〈뭐, 어쩌겠습니까. 이런 환자들이 이따금 생각해 낸다는 게 다 그런 어리석은 것들뿐이지요. 뭐, 이해는 갑니다.〉

진찰을 마친 의사는 시계를 들여다보았다. 그러자 쁘라스꼬비야 표도로브나가 이반 일리치에게 사실 오늘 저명한 의사 선생님 한 분을 집에 더 오시라고 했다는 것, 그가 원하든 원하지 않든, 저명한 의사는 도착하면 미하일 다닐로비치(여기 와 있는 원래 주치의)와 함께 협진을 한 후 병에 대해 의논할 것이라는 것 등을 이야기했다.

「더 이상 싫다고 하지 마세요. 전부 다 제가 좋자고 하는 거니까요.」 그녀는 비꼬는 투로 말했다. 이 모든 게 그를 위한 거니 그는 반대할 자격이 없다는 투였다. 그는 미간을 잔뜩 찌푸린 채 굳게 입을 다물었다. 자신을 둘러싸고 있는 거짓이 하도 뒤엉켜서 이제는 뭐가 뭔지 도무지 가닥조차 잡을 수 없었다.

사실 아내는 오직 자기 자신만을 위해 이 모든 것을 했다. 그런데 이제 대놓고 그렇다고 말하니까, 남편으로서는 오히려 반대로 받아들여야만 하는 상황이었다. 믿을 수 없이 교활한 전략이었다.

11시 30분이 되자 실제로 저명한 의사가 집으로 왔다. 또다시 진찰이 시작되었다. 의사들은 그의 면전에서, 그리고 옆방으로 옮겨 가서 환자의 신장이 어떻다느니 맹장이 어떻다느니 하며 중요한 대화를 나누었다. 그들은 의미심장한 표정을 지어 가며 질문과 대답을 주고받았다. 환자에게 가장 중요한 문제, 즉 그가 죽느냐 사느냐에 관한 가장 현실적인 문제는 또다시 뒤로 미뤄지고, 대신 제 기능을 못하는 맹장과 신장이 핵심적인 문제로 떠올랐다. 미하일 다닐로비치와 저명한 의사는 지금부터 뭔가 본격적인 조치를 취해서 맹장과 신장을 고칠 것처럼 이야기했다.

저명한 의사는 심각하면서도, 그러나 아직 한 줄기 희망은 있다는 표정으로 작별 인사를 건넸다. 그리고 이반 일리치가 공포와 희망이 교차하는 간절한 눈빛으로 바라보며 혹시라도 완치될 가능성이 있는지 조심스럽게 묻자, 장담은 못 하지만 가능성은 있다고 대답했다. 의사를 배웅하는 이반 일리치의 눈에 서린 처절한 기대감이 어찌나 불쌍하던지 왕진료를 지불하려고 서재를 나오던 쁘라스꼬비야 표도로브나는 그 모습을 보고 왈칵 울음을 터뜨렸다.

의사의 희망적인 말로 한껏 부풀어 올랐던 기분은 그리 오래가지 않았다. 여전히 똑같은 방, 똑같은 그림들, 그 자리에 그대로 있는 커튼과 벽지, 자잘한 약병들, 그리고 똑같이 고통에 시달리는 병든 육신, 모든 게 그대로였다. 이반 일리치는 끙끙 소리를 내가며 앓기 시작했다. 주사약이 투여되고 그는 의식을 잃었다.

그가 정신을 차린 것은 해 질 무렵이었다. 식사가 나오자 그는 간신히 고기 국물을 몇 순갈 떠먹었다. 또다시 모든 게 똑같았고 또다시 밤이 찾아왔다.

식사가 끝난 후 저녁 7시 무렵, 파티에라도 가는 듯 한껏 멋을 낸 쁘라스꼬비야 표도로브나가 방에 들어왔다. 가슴을 올려붙여 불룩 나오게 한 옷에 얼굴에는 뽀얗게 분칠을 하고 있었다. 그녀는 아침에 이미 공연을 보러 외출할 거라고 일러둔 터였다. 사라 베르나르[11]가 러시아에서 공연을 하는 중이었고, 이반 일리치는 자기 가족은 특별석에 앉아야 한다고 고집을 부리며 좌석 예약을 해주

11 Sarah Bernardt(1844~1923). 19세기 프랑스의 유명 연극배우.

었다. 이 사실을 까맣게 잊고 있던 그는 아내의 옷차림에
몹시 심술이 났다. 그러나 아이들의 교양과 심미안을 키
워 주려면 이 공연을 꼭 보러 가야 한다고, 그것도 특별
석에 앉아서 봐야 한다고 고집했던 사람이 바로 자기 자
신이었음을 떠올리고는 억지로 화를 가라앉혔다.

쁘라스꼬비야 표도로브나는 기분이 무척 좋으면서도
어딘지 미안한 기색이었다. 그녀는 옆에 앉아 좀 어떠냐
고 물었지만, 그는 아내가 그의 상태에 대해서 알고 싶어
서 물어본 것이 아니라 단지 뭐라도 물어봐야 했기에 물
어본 것임을 잘 알고 있었다. 그녀 역시 더 들을 말도 없
다는 것을 알았기에 바로 본론으로 들어갔다. 솔직히 가
고 싶지 않지만 특별석이 예매되어 있는 데다, 엘렌과 딸
그리고 뻬뜨리셰프(딸과 결혼을 약속한 예심 판사)가 간
다는데 애들만 보낼 수가 없어 어쩔 수 없이 간다는 것이
었다. 물론 자기는 그와 함께 집에서 저녁을 보내는 게
훨씬 더 좋다는 말도 덧붙였다. 자기가 없더라도 의사의
지시 사항들은 꼭 지켜야 한다는 당부도 잊지 않았다.

「아 참, 표도르 뻬뜨로비치(예비 신랑)가 인사를 하고
싶다는데, 괜찮지요? 리자도 같이 말이에요.」

「그래, 들어오라고 해.」

젊은 육신이 있는 대로 드러나게 차려입은 딸이 방 안
으로 들어왔다. 아버지는 병든 몸뚱이 때문에 괴로워하
는데 딸은 싱싱한 몸뚱이를 마음껏 뽐내고 있었다. 젊고

건강하고 사랑에 푹 빠져 있는 딸은 행복을 방해하는 질병, 죽음, 고통 따위는 안중에도 없다는 태도였다.

연미복을 차려입고, 곱슬머리를 *à la Capoul*(카풀식으로)[12] 다듬은 표도르 뻬뜨로비치가 방 안으로 들어왔다. 빳빳한 흰 옷깃으로 꼭 조인 통통하고 긴 목에는 힘줄이 불거져 있었다. 널찍한 가슴팍에 새하얀 셔츠를 걸치고, 튼실한 허벅지는 꼭 끼는 까만색 바지에 욱여넣고 있었다. 한쪽 손에는 하얀 장갑을 바짝 당겨 끼고 있었으며 다른쪽 손으로는 오페라 모자를 들고 있었다.

그 뒤를 따라 중학교에 다니는 아들이 소리 없이 들어왔다. 새 교복을 입고 장갑을 낀 아이는 불쌍해 보였다. 눈 밑에는 시퍼런 자국이 나 있었는데 이반 일리치는 그 눈의 의미를 알고 있었다.

그는 아들이 언제나 안쓰러웠다. 잔뜩 겁을 집어먹은 채 아버지를 동정하듯 바라보는 그의 눈길이 두렵게 느껴지기까지 했다. 이반 일리치는 게라심 외에 자신을 이해하고 불쌍하게 생각해 주는 사람은 아들 바샤[13] 한 명뿐일 거라고 생각했다.

모두 자리를 잡고 앉아 또다시 좀 어떠냐는 질문을 던졌다. 잠시 침묵이 흘렀다. 리자가 엄마에게 오페라 안경

12 프랑스의 유명 오페라 가수 조제프 카풀이 하던 헤어스타일을 일컫는다.
13 바실리의 애칭.

은 챙겼느냐고 물었다. 모녀는 오페라 안경의 책임 소재를 두고 티격태격했다. 불쾌한 장면이었다.

표도르 뻬뜨로비치는 이반 일리치에게 사라 베르나르를 본 적이 있느냐고 물었다. 이반 일리치는 그가 던지는 질문의 정확한 의미를 파악하지 못해 잠시 뜸을 들였다가 이렇게 물었다.

「아니. 자네는 봤나?」

「예, 〈아드리아나 르쿠브뢰르〉[14] 공연에서 본 적이 있습니다.」

쁘라스꼬비야 표도로브나는 특히 그 작품에서 사라 베르나르가 돋보였다고 말했다. 딸은 동의하지 않았다. 곧 사라 베르나르의 우아함이라든지 실감 나는 연기 실력 등에 대한 그렇고 그런 대화가 이어졌다.

한창 대화를 하던 중 표도르 뻬뜨로비치는 이반 일리치를 흘끗 보더니 입을 다물었다. 나머지 사람들도 똑같이 이반 일리치를 바라보고는 입을 다물었다. 두 눈을 번득거리며 정면을 쏘아보는 이반 일리치는 그들에게 화가 난 것이 분명해 보였다. 이 불편한 상황을 수습해야 했지만 도저히 수습할 방도가 없었다. 어떻게든 이 침묵을 깨야만 했다. 그러나 그 누구도 먼저 나서지 못했다. 가짜

14 이탈리아의 작곡가 프란체스코 칠레아가 작곡한 4막의 오페라. 실제로 사라 베르나르는 이 오페라의 주인공인 아드리아나 르쿠브뢰르 역으로 출현한 적이 있다.

품위가 깨지고 진실이 속속들이 까발려질까 봐 모두들 두려워했던 것이다. 제일 먼저 나서서 침묵을 깬 것은 리자였다. 그녀는 모두가 느끼고 있는 것을 숨기려고 했지만 무심코 내뱉어 버리고 말았다.

「어쨌든, 공연을 보러 갈 거면 지금 출발해야 돼요.」리자가 아버지에게서 선물받은 시계를 바라보면서 말했다. 그러고는 예비 신랑과 자기들끼리만 아는 모종의 의미심장한 눈길을 슬며시 교환하며 엷은 미소를 흘리더니 옷자락을 바스락거리며 일어났다. 모두들 자리에서 우르르 일어나 인사를 하고는 나갔다.

사람들이 다 나가자 이반 일리치는 좀 편안해졌다. 거짓이 사라졌기 때문이다. 그러나 거짓은 사람들과 함께 사라졌지만 통증은 여전히 제자리를 지키고 있었다. 변함없는 통증과 변함없는 공포 덕분에 이제는 더 힘들 것도, 더 편할 것도 아무것도 없었다. 사태는 점점 더 악화되었다.

다시 1분, 또 1분이 지나고 다시 한 시간 또 한 시간이 흘렀다. 모든 것은 그대로였다. 모든 게 끝이 없었다. 피할 수 없는 종말이 더욱 무섭게 다가왔다.

「게라심을 불러와.」그는 어떻게 해드리면 좋을지 물어보는 뾰뜨르에게 이렇게 말했다.

9

아내는 밤늦게 돌아왔다. 뒤꿈치를 들고 살금살금 들어왔지만 그는 다 듣고 있었다. 그는 눈을 떴다가 얼른 다시 감았다. 아내가 게라심을 내보내고 직접 곁을 지키려고 하자 이반 일리치는 결국 눈을 뜨고 말했다.

「됐어. 그냥 가.」

「많이 아파요?」

「똑같아.」

「아편 좀 드세요.」

그는 그러겠다 하고는 아편을 조금 마셨다. 아내는 나갔다.

새벽 3시경까지 그는 혼미한 상태에서 고통스러워했다. 누군가가 고통으로 몸부림치는 그를 좁고 어둡고 깊은 자루 속으로 처넣으려 하는데 들어가지 못해서 버둥대는 듯한 느낌이 들었다. 이 끔찍한 상태는 고통스럽게 이어졌다. 그는 두려우면서도 차라리 나락으로 떨어지고 싶다는 생각이 들기도 했다. 자기를 밀어 처넣는 힘에 저항하다가도 그 힘에 몸을 맡기기도 했다. 그러다가 갑자기 나락으로 굴러떨어지면서 정신이 들었다. 게라심은 여전히 침대 발치에 앉아 참을성 있게 조용히 졸고 있었다. 이반 일리치는 긴 양말을 신은 앙상한 두 다리를 게라심의 어깨에 올려놓은 채 누워 있었다. 갓을 씌운 촛불도 그대로였고, 멈출 줄 모르는 통증 역시 그대로였다.

「게라심, 그만 가보게.」그가 속삭이듯 말했다.

「아닙니다, 더 있겠습니다요.」

「아니야, 그냥 가.」

그는 게라심의 어깨에 걸쳤던 다리를 내린 후, 한 팔을 베고 옆으로 돌아누웠다. 자기 자신이 너무나 불쌍했다. 그는 게라심이 옆방으로 갈 때까지 기다렸다가 더 이상 참지 못하고 어린아이처럼 엉엉 소리 내어 울기 시작했다. 그는 의지할 데 없는 자신의 처지와 절대 고독과 사람들의 잔인함과 신의 잔인함이 서러워서, 신의 부재가 서러워서 목 놓아 울었다. 〈어째서 제게 이런 시련을 주시는 겁니까? 어째서 저를 이 지경까지 끌고 왔나요? 어째서, 도대체 무슨 이유에서 저를 이다지도 괴롭히는 겁니까……?〉 그는 대답을 기다리지 않고 다시 엉엉 울었다. 대답은 없으며 있을 수도 없다는 것 때문에 더 울었다. 또다시 통증이 고개를 들었지만 그는 몸을 뒤척이지도, 사람을 부르지도 않았다. 그는 스스로에게 말했다. 〈그

래, 올 테면 와봐! 그런데 도대체 왜? 내가 무슨 잘못을 했다고 그러는 거야?〉

그러다가 그는 조용해졌다. 울음도 멈추고, 죽은 듯이 숨을 참으며 있었다. 고요 속에서 그는 어떤 소리에 정신을 집중했다. 언어로 된 목소리가 아닌 영혼의 소리, 자신의 마음 깊은 곳에서 솟구쳐 올라오는 생각의 흐름에 귀를 기울였다.

〈너한테 필요한 게 무엇이냐?〉 그가 맨 처음 들은 가장 확실하고 분명한 소리를 인간의 언어로 표현하자면 이랬다. 〈필요한 게 뭐냐고? 무엇이 필요하지?〉 그는 스스로에게 되물었다. 〈무엇이냐고? 더 이상 고통받지 않는 것. 사는 것.〉 그는 이렇게 대답했다.

그리고 그는 통증조차 못 느낄 정도로 온 정신을 집중하여 귀를 기울였다.

〈사는 것이라고? 어떻게 사는 걸 말하는 거지?〉 영혼의 목소리가 물었다.

〈그래, 사는 것. 예전처럼 편안하고 행복하게.〉

〈예전엔 그렇게 편안하고 행복하게 살았어?〉 목소리가 물었다. 그는 머릿속에서 자신의 즐거웠던 삶 중에서도 가장 좋았던 순간들을 하나씩 되새겨 보기 시작했다. 그런데 이상하게도, 즐거웠던 삶에서의 좋았던 순간들이 이제는 완전히 다르게 느껴졌다. 어린 시절의 기억을 제외한 모든 것이 다 그랬다. 그때, 어린 시절에는 진짜로 기쁜 무언가가 있었다. 그걸 되찾을 수 있다면 그것 하나만으로도 인생을 살아갈 수 있는 무언가가 있었다. 그러나 그런 기쁨을 누리던 인간은 더 이상 존재하지 않았다. 어린 시절을 회상하는 것은 완전히 다른 사람을 회상하는 것처럼 느껴졌다.

마지막 목적지가 현재의 자기 자신인 회상 여행이 시작되자마자, 당시엔 기쁨으로 여겨지던 것들이 모두 그의 눈앞에서 녹아내려 부질없는 것으로, 그중 몇몇은 추악한 것으로 변해 버렸다.

어린 시절로부터 멀어지면 멀어질수록, 그리고 현재에 가까워지면 가까워질수록, 기쁨은 더욱더 무의미하고 의심적은 것으로 바뀌었다. 모든 것은 법률 학교 시절과 함께 시작되었다. 물론 진실로 좋은 것들도 있었다. 즐거움과 우정과 희망이 있었다. 그러나 고학년으로 올라갈수록 좋은 순간들은 점점 줄어들기 시작했다. 현 지사 사무실에서 처음 근무할 때도 좋았던 순간들은 있었다. 그건 어떤 여성에 대한 사랑의 추억이었다. 그러나 그 후로는 모든 것이 뒤죽박죽되면서 좋은 순간들이 거의 사라지기 시작했다. 세월이 흐를수록 좋은 것은 점점 더 적어졌다.

결혼……. 뜻하지 않게 했던 것. 환멸, 아내의 입 냄새, 애욕, 위선! 이 생명력 없는 업무, 그리고 돈 걱정, 그렇게 보낸 1년, 2년, 그리고 10년, 20년. 언제나 똑같은 삶. 살면 살수록 생명은 사라져 가는 삶. 그래, 나는 산에 올라가고 있다고 상상했지. 하지만 일정한 속도로 내려오고 있었던 거야. 그래, 그랬었던 거야. 분명 사람들 눈에 나는 올라가고 있었어. 하지만 정확하게 그만큼씩 삶은 내 발아래서 멀어져 가고 있었던 거야……. 그래, 다 끝났어. 죽는 것만 남았어!

그런데 이게 뭐지? 왜? 이럴 수는 없어, 인생이 이토록 무의미하고 역겨운 것이었단 말이야? 만약 인생이 정말 그토록 역겹고 무의미한 것이라면 왜 이렇게 죽어야 하지? 죽으면서 왜 이렇게까지 고통을 당해야 하지? 아니야, 뭔가가 잘못됐어.

〈어쩌면, 내가 잘못 살아온 건 아닐까?〉 불현듯 이런 생각이 머릿속에 떠올랐다. 〈그렇지만 나는 뭐든지 다 제대로 했는데 어떻게 잘못 살았을 수가 있어?〉 그는 이렇게 반문했고, 그런 일은 결코 있을 수가 없다며 삶과 죽음의 수수께끼를 풀 수 있는 유일한 열쇠와도 같은 질문을 머리에서 즉시 떨쳐 버렸다.

〈도대체 지금 나한테서 뭘 바라는 거지? 사는 것? 어떻게 사는 것? 법정에서 일할 때처럼 사는 것? 집행관이 《재판이 시작되겠습니다……!》하고 외치는 소리와 함께 시작되던 그런 삶? 재판이 시작된다니, 재판이.〉 그는 반복해서 되뇌었다. 〈그래, 재판은 여기서도 시작되었어! 그런데 나는 정말 아무런 죄가 없다고!〉 그는 악에 받쳐

부르짖었다. 〈도대체 왜? 나한테 왜 이러는 거야?〉 그는 울음을 그치고 벽 쪽으로 얼굴을 돌리더니 한 가지 생각에 골똘히 잠겼다. 〈왜, 도대체 무슨 이유 때문에 내가 이토록 끔찍한 일을 당해야 하는 거지?〉

그러나 아무리 생각하고 또 생각해도 답을 찾을 수가 없었다. 잘못 살아서 이런 일을 당한다는 생각이 자꾸만 들었지만, 그럴 때마다 그는 자신이 얼마나 올바르게 살았는가를 되새기며 그 이상한 생각을 바로 떨쳐 버렸다.

10

다시 두 주가 흘렀다. 이반 일리치는 더 이상 소파에서 일어나려 하지 않았다. 그는 침대는 싫다며 소파에만 누워 지냈다. 그리고 거의 온종일 벽을 보고 누워 극심한 고통에 홀로 시달렸고 풀리지 않는 생각에 홀로 매달렸다. 이게 뭐지? 정말 죽는단 말인가? 그러면 내면의 목소리가 〈그래, 정말이야〉라고 답했다. 어째서 이토록 고통스러운 거지? 다시 목소리가 답했다. 〈그냥 그런 거야. 이유는 없어.〉 그러고는 더 이상 아무런 대답도 없었다.

병이 막 시작되었을 때부터, 그러니까 이반 일리치가 처음으로 의사를 찾아갔었던 그때부터 그의 삶에는 번갈아 나타나는 두 가지 마음이 자리 잡고 있었다. 하나는 이해할 수 없는 끔찍한 죽음을 기다리는 절망이었고, 다른 하나는 몸의 움직임을 예의 주시하며 희망을 가져 보는 마음이었다. 어떤 때는 눈앞에 제 기능을 못 하는 신장과 맹장이 아른거렸고 또 어떤 때는 그 무엇으로도 피할 수 없고 이해할 수도 없는 끔찍한 죽음이 아른거렸다.

발병 초기에는 이 두 가지 마음이 번갈아 가며 나타났다. 그러나 병세가 깊어짐에 따라 신장에 대한 온갖 상상은 점점 더 믿을 수 없는 비현실적인 것이 되어 간 반면, 죽음이 다가오고 있다는 의식은 점점 더 현실적인 것이 되어 갔다.

석 달 전 자신의 모습과 지금의 모습을 비교해 볼 때면, 그러니까 즉 꾸준하게 산을 내려오고 있는 모습을 떠올려 볼 때면 마지막 희망의 가능성까지 다 무너져 내렸다.

소파 등받이에 고개를 처박고 누워 지내는 요즘 이반 일리치는 고독과 함께 살았다. 그것은 수많은 사람들이 우글대는 도시 한가운데에서 느끼는 고독이었고, 지인들과 가족들이 북적대는 곳에서 느끼는 고독이었다. 바닷속 저 깊은 곳에서도, 땅 밑 저 아래에서도 결코 찾아 볼 수 없는 절대 고독이었다. 이반 일리치는 이 끔찍한 고독을 오로지 과거의 상념에만 의지해서 견뎌 냈다. 지나간 삶의 장면들이 하나씩 꼬리에 꼬리를 물고 떠올랐다. 기억은 항상 최근의 일에서부터 시작해 저 멀리 아득한 어린 시절로 거슬러 올라가 그곳에서 멈추곤 했다. 최근에 식탁에 나왔던 쪄서 말린 자두가 생각나면, 이반 일리치는 어린 시절 먹었던 촉촉하면서 쪼글쪼글한 프랑스산 자두를 떠올리며 그때의 그 특별한 맛을 생각했다. 한입 크게 베어 물면 입안 가득 침이 고이던 것이 떠올랐다.

맛에 대한 기억은 유모, 형, 장난감 등 그 시절의 기억을 줄줄이 불러일으켰다. 〈이런 생각은 그만두자……. 마음이 너무 아파.〉 이반 일리치는 혼자 중얼거리며 다시 현실로 돌아왔다. 소파 등받이에 달린 단추와 주름 잡힌 염소 가죽이 눈에 들어왔다. 〈염소 가죽은 비싸기만 하고 튼튼하질 못해. 그것 때문에 한 번 다퉜었지. 그러고 보니 염소 가죽 때문에 소동이 일어났던 적이 또 있었어. 우리가 아버지의 염소 가죽 서류 가방을 찢어 놓았었지. 호되게 벌을 받았지만 그래도 엄마가 고기만두를 가져다주셨었어.〉 또다시 기억이 어린 시절로 줄달음쳤고 이반 일리치의 마음은 또다시 아파 왔다. 그는 이런 생각들을 떨쳐 내고 다른 생각을 하려 애썼다.

이런 기억과 더불어 또 다른 생각, 즉 병이 어떻게 시작되어 어떻게 악화되었는지에 대한 생각이 함께 떠올랐다. 이번에도 시간을 거슬러 올라가면 올라갈수록 삶은 더욱더 많은 생명력으로 가득했다. 선한 것도 더 많았고, 삶 자체도 더 풍요로웠다. 그런데 이제 두 가지 생각이 한데 뒤얽히기 시작했다. 〈시간이 가면서 고통이 점점 심해지듯이, 내 삶의 모든 것이 점점 나빠져만 간 거야.〉 그는 이렇게 생각했다. 처음 인생이 시작되던 바로 그 지점에 밝게 빛나던 한 점의 빛이 있었다. 그러나 빛은 시간이 지나면서 점점 어두워져 갔고, 어두워지는 속도 역시 점점 빨라져만 갔다. 〈죽음과 가까워지면 가까워질수록 속도는 점점 빨라져 가는구나.〉이반 일리치는 생각했다. 그러자 점점 더 빠른 속도로 추락하던 이 생각은 영혼 깊은 곳으로 돌덩이처럼 굴러떨어졌다. 삶도, 기승을 부리는 고통도 점점 더 빠른 속도로 끝을 향해, 가장 끔찍한 고통을 향해 떨어지고 있었다.〈떨어지고 있다……〉그는 흠칫 놀라서 몸부림치며 저항하려고 했다. 그러나 그는 이미 저항하는 것이 불가능하다는 사실을 알고 있었다. 소파 등받이만 바라보다 지쳐 버린 두 눈을 다시 소파 등받이에 고정시켰다. 눈앞에 있어서 안 볼 수가 없었다. 그는 기다렸다. 자신의 끔찍한 추락과, 충격과, 파멸을 기다리고 또 기다렸다.〈막을 수가 없어.〉그는 혼잣말로 중얼거렸다.〈그래도 최소한 이유는 알아야 할 거 아냐? 그런데 그게 불가능해. 내가 인생을 잘못 살았다고 한다면 설명이 가능하겠지. 그렇지만 그건 인정할 수가 없어.〉그토록 반듯하고 올바르고 품위 있게 살아온 자신의 삶을 떠올리며 그는 고개를 흔들었다.〈그것만큼은 용납할 수가 없어.〉그는 입을 삐죽이며 웃는 듯한 표정을 지었다. 누군가가 그의 얼굴을 보았더라면 그가 정말 웃고 있다고 생각했을 것이다.〈설명할 수가 없어. 고통, 죽음……. 도대체 왜?〉

11

그렇게 또 두 주가 흘러갔다. 이 두 주 동안에 이반 일리치와 그의 아내가 전부터 기대하고 있던 일이 현실로 나타났다. 뻬뜨리셰프가 정식으로 청혼한 것이다. 청혼은 어느 날 저녁에 이루어졌다. 이튿날 쁘라스꼬비야 표도로브나는 표도르 뻬뜨로비치가 청혼했다는 것을 어떻게 얘기할까 곰곰이 생각하면서 이반 일리치의 방에 들어갔다. 그러나 바로 전날 밤 이반 일리치에게는 병세가 악화되었음을 보여 주는 새로운 증상이 나타났다. 쁘라스꼬비야 표도로브나는 여느 때처럼 소파에 누워 있지만 자세가 달라진 남편의 모습을 발견했다. 그는 똑바로 누워서 천장을 뚫어질 듯 쏘아보며 신음을 토해 내고 있었다.

그녀는 약 이야기를 늘어놓기 시작했다. 남편의 시선이 아내에게로 옮겨졌다. 그녀는 하던 이야기를 마칠 수가 없었다. 자신을 째려보는 두 눈에서 무시무시한 증오심을 보았기 때문이다. 「제발, 편안히 죽을 수 있게 좀 내버려 둬.」그가 말했다.

그녀가 나가려는 순간 딸이 방 안으로 들어와 안부를 물으려 했다. 그는 아내를 바라보던 것과 같은 똑같은 눈으로 딸을 바라보았고, 좀 어떠시냐고 묻는 딸에게 머지않아 모두들 해방시켜 주겠다며 매정하게 대꾸했다. 두 사람은 입을 꾹 다문 채 잠시 앉아 있다가 밖으로 나갔다.

「도대체 우리가 뭘 잘못했다고 저러시는 거예요?」리자가 엄마에게 말했다. 「꼭 우리 때문에 저렇게 되신 것처럼 말씀하시네요! 나도 아빠가 불쌍해요. 그렇지만 우리를 왜 이렇게 괴롭히시는 거죠?」

늘 오던 시간에 의사가 왔다. 이반 일리치는 줄곧 악의에 찬 시선으로 의사를 바라보며, 〈네, 아니오〉로만 짧게 대답하다가 마침내 이렇게 말했다.

「선생도 알지 않소. 더 이상 아무 도움이 안 되니 그냥 내버려 둬요.」

「고통을 덜어 드릴 수는 있습니다.」의사가 말했다.

「그것도 제대로 못 하고 있지 않소. 그냥 놔둬요.」

방에서 나와 응접실로 간 의사는 쁘라스꼬비야 표도로브나에게 남편분의 상태가 매우 위중하다고 전하면서, 지금으로서는 환자의 극심한 고통을 덜어 주도록 아편을 쓰는 것 외에는 별다른 방법이 없다고 말했다.

그의 육체적 고통이 심각한 수준이라는 의사의 말은 사실이었다. 그러나 육체적 고통보다도 더욱 끔찍했던 것은 그의 정신적 고통이었고, 이것이야말로 그가 겪고 있는 가장 심각한 고통이었다.

그의 정신적인 고통은 전날 밤 양쪽 볼에 광대뼈가 도 드라진 게라심의 졸음기 가득한 선량한 얼굴을 바라보던 중 갑자기 시작되었다. 〈만약에, 의식적으로 살아온 내 평생의 삶이 정말로《그게 아닌 삶》이었다면 어떡하지?〉 라는 생각이 불현듯 솟구치기 시작한 것이다.

전에는 절대 그럴 리 없다고 여겼던 생각, 즉 자신이 인생을 잘못 살았다는 생각이 들었고, 이것이 어쩌면 진 실일지도 모른다는 생각이 들었다. 높으신 분들이 옳다 고 여기는 것에 저항하고 싶어 했던 한때의 희미한 충동, 그러나 머릿속에 떠오르자마자 곧바로 떨쳐내 버리곤 했 던 그 충동만이 진짜이고, 그 나머지는 모두 잘못된 것일 지도 모른다는 생각도 들었다. 그의 업무, 그가 삶을 살 아온 방식, 가족, 사회와 직장에서의 이해관계 같은 것들 이 모두 잘못된 것일지도 몰랐다. 이반 일리치는 자신의 눈앞에 있는 이 모든 것들을 변호하려고 애썼다. 하지만 돌연 자신이 변호하려고 하는 이 모든 것들이 모두 허접 하기 그지없다는 느낌이 들었다. 변호할 것은 아무것도 없었다.

〈만약에,〉 그는 생각했다. 〈나에게 주어진 모든 것을 망쳐 버렸다는 의식만 지닌 채, 바로잡을 겨를도 없이 이 세상을 떠나게 된다면 그땐 어떻게 하지?〉 그는 똑바로 누워 지나간 삶의 모든 것을 완전히 새로운 각도에서 되짚어 보기 시작했다. 그리고 다음 날 아침, 하인에 이어 아내와 딸, 그리고 의사가 차례로 보여 준 행동과 말은 모두 간밤에 그가 깨달은 무서운 진실이 사실임을 확인시켜 주었다. 그는 그들에게서 자기 자신을 보았고, 자기 자신의 삶의 방식을 보았다. 그리하여 자신이 살아온 삶 전체가 〈그게 아닌 것〉이었다는 사실을, 모든 게 삶과 죽음의 문제를 가려 버리는 거대하고 무서운 기만이었다는 사실을 분명히 깨달았다. 이러한 깨달음은 그의 육체적 고통을 열 배는 가중시켰다. 그는 신음하고 몸부림을 치며 입고 있던 옷을 쥐어뜯었다. 옷이 숨통을 조이고 몸을 짓누르는 것만 같았다. 바로 이런 이유에서 그는 그들 모두를 증오했던 것이다.

상당량의 아편이 투여되고 그는 의식을 잃었다. 하지만 식사 시간이 되자 다시 똑같은 일이 반복되었다. 그는 사람들을 방에서 내쫓고 혼자서 미친 듯이 몸부림쳤다.

아내가 그에게 다가와 말했다.

「장, 여보, 부디 날 위해서라도(날 위해서라고?) 해주세요. 조금도 해될 게 없어요. 도움이 된다고들 해요. 정말, 별일 아니에요. 건강한 사람들도 종종…….」

그가 두 눈을 동그랗게 떴다.

「뭐? 병자 성사를 받으라고? 왜? 필요 없어! 그렇지만…….」

아내가 울음을 터뜨렸다.

「하실 거죠, 여보? 신부님을 모셔 올게요. 진짜 좋은 분이에요.」

「좋아, 맘대로 해.」 그가 말했다.

사제가 도착하여 참회를 들어 주자 그는 한결 마음이 가벼워지는 듯했다. 자신을 그토록 괴롭히던 의혹들이 조금씩 가라앉는 것 같았고 고통도 수그러드는 것 같았다. 한순간 희망의 불꽃이 다시 피어올랐다. 그는 또다시 맹장과 맹장을 고칠 수 있는 가능성에 대해서 생각하기 시작했다. 그는 두 눈에 눈물을 글썽이며 영성체를 했다.

병자 성사를 마치고 자리에 누우니 잠시나마 편안한 느낌이 들었다. 또다시 삶에 대한 희망이 생겨났다. 그는 언젠가 권고받았던 수술에 대해서 생각했다. 〈살고 싶어, 정말 살고 싶어.〉 그는 스스로에게 이렇게 속삭였다. 성사를 축하해 주고자 방으로 들어온 아내가 몇 마디 의례적인 말을 늘어놓고는 이렇게 덧붙였다.

「거봐요, 정말 좀 나아졌죠?」

그는 그녀를 쳐다보지도 않으며 〈그래〉라고 대답했다.

아내의 옷차림, 몸매, 표정, 목소리, 이 모든 것들은 그에게 단 한 가지 사실을 말해 주고 있었다. 〈그게 아니야. 네가 살면서 추구해 온 모든 게 거짓이고 기만이야. 네 눈을 가려 삶과 죽음을 못 보게 한 거야.〉 이렇게 생각하자마자 마음속에서 증오심이 끓어오르기 시작했고 끔찍한 육체적 고통이 되살아났다. 이어서 피할 수 없는 죽음이 임박했다는 자각이 생기면서 낯선 증상들이 나타나기 시작했다. 사지가 뒤틀리며 바늘로 찌르는 듯한 고통이 엄습해 오더니 숨이 막혔다.

〈그래〉라고 말한 이반 일리치의 얼굴은 무시무시했다. 아내의 얼굴을 똑바로 쏘아보며 〈그래〉라고 말한 그는 다 죽어 가는 사람치고는 놀랄 만큼 격하게 몸을 뒤집더니 고래고래 소리를 지르기 시작했다.

「나가, 나가! 날 내버려 둬!」

12

그때부터 시작된 고함 소리는 사흘 밤 사흘 낮 동안 그치지 않고 계속되었다. 그 소리가 어찌나 끔찍했던지 방이 세 칸이나 떨어진 곳에서 들어도 몸서리가 쳐졌다. 이반 일리치가 아내에게 대답한 그 순간, 그는 자신이 나락으로 떨어졌고, 돌아가는 것은 불가능하며 종말, 진짜 종말이 찾아왔지만 의혹은 여전히 해결되지 않은 채 의혹으로 남아 있다는 사실을 깨달았다.

「어! 어어! 어!」 그는 다양한 높낮이로 소리를 질러 댔다. 그는 〈싫 ─ 어!〉라고 말하며 입을 뗐으나, 마지막 음절만 입에 남아 〈어!〉 하고 계속해서 소리를 질렀다.

이 사흘 동안 그에게는 시간이 존재하지 않았다. 그는 예의 그 검은 자루 속에서 몸부림쳤다. 보이지 않는 불가항력적인 힘이 그를 자루 깊숙한 곳으로 밀어 넣고 있었다. 마치 죽음을 선고받은 사람이 사형 집행인의 손아귀에서 어떻게든 벗어나려고 발버둥치는 것처럼, 그는 죽음으로부터 구원받을 길이 없다는 것을 알면서도 필사적으로 저항했다. 그러나 아무리 온 힘을 다해 발버둥 쳐봐도, 자신이 그토록 두려워하는 것을 향해 매 순간 점점 더 가까이 다가가고 있다는 것을 느끼지 않을 수 없었다. 그는 검은 구멍 속으로 빨려 들어가는 것이 고통스럽다는 것을 알고 있었다. 그러나 스스로 그 구멍 속으로 기어 들어갈 수 없다는 것이 더 큰 고통이라는 것도 느끼고 있었다. 그가 들어가지 못하도록 방해하고 있던 것은 자기의 삶이 좋은 것이었다는 생각이었다. 지난 삶에 대한 정당화가 그를 옴짝달싹 못 하게 옭아매어 그는 앞으로 나갈 수가 없었다. 이 점이 결국 그를 제일 힘들게 했다.

갑자기 알 수 없는 힘이 그의 가슴과 옆구리를 밀치며 더욱 세차게 목을 조였다. 그는 나락으로 굴러떨어졌다. 저쪽, 나락의 맨 끝에서 무언가 환히 빛을 발하고 있었다. 기차를 타고 있을 때 종종 겪곤 하던 일이 벌어지고 있었다. 앞으로 가고 있다고 생각했던 기차가 실제로는 뒤로 가고 있었고, 나중에서야 갑자기 실제 기차의 방향을 깨닫게 되는 것과 흡사한 일이 그에게 일어나고 있었던 것이다.

「그래, 모든 게 그게 아니었어.」 그는 생각했다. 「그렇지만 괜찮아. 할 수 있어, 〈그것〉을 하면 되는 거야. 그런데 〈그것〉이 대체 뭐지?」 그는 스스로에게 묻다가 갑자기 입을 다물었다.

그것은 사흘째 되는 날이 저물 무렵, 그가 사망하기 한 시간 전에 일어난 일이다. 중학생 아들이 조용히 방문을 열고 들어와 아버지의 침대 곁으로 다가왔다. 죽어 가던 이반 일리치는 절망적으로 울부짖으며 필사적으로 두 팔을 내젓고 있었다. 그의 손이 소년의 머리에 부딪혔다. 소년은 아버지의 손을 잡아 자신의 입술에 대고 울음을 터뜨렸다.

　　바로 이 순간 이반 일리치는 나락으로 굴러떨어져 빛을 보았다. 그는 지금까지 자신이 살아온 인생이 그래서는 안 되는 삶이었지만 아직 그것을 바로잡을 수 있으며 바로잡아야만 한다는 사실을 깨달았다. 〈그것〉이 도대체 뭐지? 그는 스스로에게 질문을 던지고는 조용히 입을 다문 채 귀를 기울였다. 그때 누군가가 자신의 손에 입을 맞추는 것이 느껴졌다. 눈을 뜨자 아들이 보였다. 아들이 불쌍했다. 아내가 곁으로 다가왔다. 그는 아내를 바라보았다. 아내는 입을 헤벌린 채 절망적인 표정으로 그를 보고 있었다. 눈물이 그녀의 코와 뺨을 타고 주룩주룩 흘러내렸다. 아내도 안쓰러웠다.

　　〈그래, 내가 이들을 힘들게 하고 있어.〉 그는 생각했다. 〈다들 불쌍해. 하지만 내가 죽으면 좀 편해질 테지.〉 그는 이렇게 말하고 싶었지만 말을 할 힘이 없었다. 〈아니야, 뭣 하러 말을 해. 그냥 보여 주면 돼.〉 그는 생각했다. 그는 아내에게 눈짓으로 아들을 가리키며 이렇게 말했다.

「데리고 가……. 안쓰러워……. 그리고 당신도…….」그는 〈용서해 줘〉라고 덧붙이고 싶었지만 〈가게 해줘〉라고 말하고 말았다.[15] 그러나 고쳐 말할 힘조차 없어서 손을 내저었다. 알아들을 사람은 알아듣겠지.

그러자 갑자기 모든 것이 명확해졌다. 이제까지 그를 괴롭히면서 마음속에 갇혀 있던 것들이 일순간 두 방향, 열 방향, 모든 방향에서 쏟아져 나왔다. 저들이 불쌍해. 저들이 더 고통받지 않게 해주어야 해. 저들을 해방시켜주고 나 자신도 이 고통에서 해방되어야 해. 〈얼마나 좋아, 얼마나 단순해.〉그는 이렇게 생각했다. 〈통증은?〉하고 그는 자신에게 물었다. 〈통증은 어디로 갔지? 이봐, 너, 어디로 간 거야?〉

그는 귀를 기울였다.

〈아, 여기에 있었군. 그래, 뭐, 거기 있으라고 해.〉

〈그런데 죽음은? 죽음은 어디로 갔지?〉

그는 그동안 익숙해진 죽음에 대한 두려움을 찾아보았지만 찾지 못했다. 죽음은 어디 있지? 무슨 죽음? 두려움은 이제 없었다. 죽음이란 것이 없었기 때문이다.

죽음이 있던 자리에 빛이 있었다.

「그래, 이거야!」그는 갑자기 큰 소리로 외쳤다. 「이렇게 기쁠 수가!」

15 러시아어로 〈용서해 줘〉는 〈쁘로스찌〉이고 〈가게 해줘〉는 〈쁘로 뿌스찌〉이다. 저자는 언어유희를 통한 의미의 중첩을 시도하고 있다.

이 모든 것들은 한순간에 일어났고 그 순간의 의미는 이후 결코 바뀌지 않았다. 그를 지켜보던 사람들에게 그는 두 시간이나 더 사경을 헤매는 것으로 보였다. 그의 가슴께에서 뭔가 부글거리는 소리가 났다. 뼈만 앙상한 육신이 경련을 일으켰다. 부글거리던 소리도, 쌕쌕거리는 숨소리도 차츰 잦아들었다.

「끝났습니다!」 누군가가 그를 굽어보며 말했다.

이 말을 들은 이반 일리치는 마음속으로 되뇌었다. 〈죽음은 끝났어.〉 그는 스스로에게 말했다. 〈더 이상 죽음은 없어.〉

그는 숨을 크게 들이마시다가 도중에 멈추더니 온몸을 쭉 뻗었다. 그렇게 그는 죽었다.

광인의 수기

1883년 10월 20일. 오늘 나는 기관에 끌려가 정신 감정을 받았다. 그들의 견해는 가지각색이었다. 그들은 내 병을 놓고 왈가왈부하더니 결국 내가 미치지 않았다는 결론에 도달했다. 그러나 그들이 그렇게 결론을 내린 것은 단지 내가 검사를 받는 동안 있는 힘을 다해 꾹 참고 한마디도 안 했기 때문이다. 내가 아무런 진술도 하지 않은 것은 정신 병원이 무서웠기 때문이다. 그곳에선 내가 미친 짓을 하는 걸 수수방관하지 않을 터라 무서웠다. 그들은 나의 발작증 및 기타 증세에 대해 동의했지만 정신 상태는 양호하다는 결론을 내렸다. 그러나 그들이 그렇게 결론을 내렸다 해도 나는 내가 미쳤다는 것을 알고 있다. 의사는 자신의 지시만 엄격하게 따른다면 완치가 가능하다고 호언장담하며 나에게 처방을 써주었다. 나를 불안하게 만드는 이 모든 것이 다 고쳐진다는 것이다. 아, 치료를 위해 내가 안 해본 것이 어디 있겠는가. 너무도 고통스럽다. 그럼 이제부터 내가 어떻게 그리고 왜 그런 검사를 받게 되었는지, 어쩌다가 미치게 되었으며 어떻게 나의 광기가 드러나게 되었는지를 차례로 얘기해 보겠다. 서른다섯 살까지는 나도 그냥 보통 사람처럼 살았고, 중뿔난 점은 아무것도 없었다. 다만 아주 어릴 적, 열 살도 채 안 됐을 무렵 지금의 증상과 비슷한 무언가가 나타나긴 했으나 단순히 일시적인 발작에 불과했고, 지금처럼 만성적인 것은 아니었다. 어렸을 적에는 지금과는 조금 다른 방식으로 나타났다. 예컨대 바로 이런 식이었다.

대여섯 살 무렵, 잠자리에 들려던 어느 날이 기억난다. 껑충한 키에 깡마르고 턱은 축 쳐진 유모 예프쁘락시야는 갈색 원피스를 입고 작은 모자를 쓰고 있었다. 유모는 내 옷을 벗겨 준 뒤 나를 침대에 집어넣으려 했다.

「나 혼자 할래, 혼자 할래.」 나는 이렇게 말하고서 침대 난간을 넘어갔다.

「어서, 누워요, 누워, 페진까. 여기 귀염둥이 미짜는 벌써 누웠잖아요.」 유모가 고갯짓으로 미짜를 가리키며 말했다.

나는 유모의 손을 잡은 채 침대로 뛰어들었다. 그러고서 유모의 손을 놓고는 이불 밑에서 다리를 꼼지락거리다가 이불을 푹 뒤집어썼다. 기분이 너무나 좋았다. 나는 조용히 생각에 빠져들었다. 〈나는 유모를 사랑하고, 유모는 나랑 미찐까를 사랑하고, 나는 미찐까[1]를 사랑하고,

미쩐까는 나랑 유모를 사랑해. 그리고 따라스는 유모를 사랑하고, 나는 따라스를 사랑하고, 미쩐까도 따라스를 사랑해. 따라스는 나와 유모를 사랑해. 엄마는 나와 유모를 사랑하고, 유모는 엄마랑 나랑 아빠를 사랑하고, 그리고 모두가 서로를 사랑하니까 모두가 행복해.〉그런데 갑자기 가정부가 방에 뛰어 들어와 큰 소리로 설탕통 어쩌고저쩌고하며 화를 벌컥 냈다. 유모도 덩달아 화를 내며 자기가 가져가지 않았다고 소리를 질렀다. 나는 가슴이 미어지는 듯 아팠다. 무서웠고 이 모든 것을 통 이해할 수 없었다. 공포가, 서늘한 공포가 나에게 몰려와 나는 이불 속에 머리를 파묻었다. 그러나 어두운 이불 속에서도 기분은 나아지지 않았다. 언젠가 내 앞에서 매를 맞던 아이 생각이 났다. 아이의 비명 소리와 포까가 아이를 때리면서 짓던 끔찍한 표정이 떠올랐다.

「또 그러기만 해봐라, 이놈의 자식.」그는 계속 매질하며 호통을 쳤다. 아이는 〈다시는 안 그럴게요〉라고 말하며 싹싹 빌었다. 그럼에도 그는 〈또 그랬단 봐라〉라고 소리치며 매질을 멈추지 않았다. 바로 그때 그것이 나에게 덮쳐 왔다. 나는 마치 봇물이 터진 듯 꺼이꺼이 울고 또 울었다. 아주 오랫동안 그 누구도 나를 진정시키지 못했다. 바로 이 통곡, 이 절망감이 아마도 현재 나를 괴롭히는 광기의 첫 번째 발작이었을 것이다. 기억하건대, 그것

---

1 미쩐까와 미짜는 모두 드미뜨리의 애칭이다.

이 다시 나를 덮친 것은 아주머니가 그리스도 이야기를 해주었을 때였다. 아주머니는 이야기를 마치고 방을 나가려고 했지만, 우리는 더 해달라며 졸라 댔다.

「예수님 얘기 더 해줘.」

「안 돼, 오늘은 여기까지야.」

「싫어, 더 해줘.」 미쩐까가 이야기를 해달라고 보챘다. 그러자 아주머니는 전에 한 이야기를 또다시 해주었다. 아주머니는 사람들이 그리스도를 십자가에 못 박고 때리고 괴롭혔지만, 그리스도는 오직 기도할 뿐 사람들을 비난하지 않았다고 말해 주었다.

「아줌마, 사람들이 왜 예수님을 괴롭힌 거야?」

「사람들이 악했기 때문이란다.」

「그렇지만 예수님은 착한 사람이셨잖아.」

「자, 그만. 벌써 8시다. 시계 소리 들리지?」

「왜 사람들이 예수님을 때린 거야? 예수님은 사람들을 용서했는데 사람들은 왜 예수님을 때린 거야? 아팠겠다. 아줌마, 예수님이 아프셨대?」

「자, 그만, 나는 차나 마시러 가야겠구나.」

「어쩌면 거짓말일 수도 있잖아, 사람들이 예수님을 안 때렸을 수도 있잖아.」

「그만 자자.」

「싫어, 싫어, 가지 마.」

또다시 그것이 나를 덮쳐 왔다. 나는 목 놓아 울고 또

울면서 벽에다 머리를 들이받기 시작했다.

—

어린 시절에는 그런 식으로 발작이 일어나곤 했다. 그러나 열네 살이 되어 성욕에 눈을 뜨고 죄악에 몸을 맡기기 시작하면서 발작은 모두 사라져 버렸고, 나는 여느 아이들과 똑같은 사내아이가 되었다. 다른 애들처럼 나도 기름진 음식을 배가 터지도록 먹고 육체노동은 조금도 하지 않아 속속들이 약골이 되어 갔다. 주변은 정욕을 자극하는 갖은 유혹들로 가득했으며, 나는 내 또래의 불량 청소년들이 가르쳐 준 비행에 푹 빠져 살았다. 시간이 흐르자 비행은 곧 또 다른 비행으로 이어졌다. 여자를 알기 시작했고, 그렇게 쾌락을 찾아 즐기며 서른다섯 살까지 살았다. 나는 아주 건강했으며, 광기의 전조로 여겨질 만한 증상은 아무것도 없었다. 이 20년의 건강한 삶은 그렇게 흘러갔는데, 지금으로서는 기억나는 게 거의 없다. 새삼스럽게 회상한다는 것조차 힘들고 역겹기만 하다.

정신이 멀쩡한 내 주변의 모든 남자아이들처럼 나도 중학교와 고등학교에 입학하고, 이어 대학교에 진학하여 법학부를 졸업했다. 그 후 잠시 관청에서 일하다가 지금의 아내를 만나 결혼하여 시골에 정착했다. 시쳇말로 토끼 같은 자식새끼들을 키우고, 영지를 돌보아 가며 치안 판사로 근무했다. 결혼한 지 10년째 되던 해, 유년 시절 이후 처음으로 발작이 일어났다.

우리 부부는 아내가 상속받은 돈과 내 수중의 토지 보상금을 합쳐서 영지를 사기로 했다. 그 무렵 나는 재산 증식에 골몰해 있었다. 어떻게 하면 남들보다 영리한 방법으로 재산을 늘릴까를 생각하느라 머릿속이 복잡했다. 나는 당시 영지를 매각한다는 곳이라면 어디든 알아보았고, 신문에 실린 광고란 광고는 빠짐없이 찾아 읽었다. 나는 크게 이익을 볼 수 있거나, 대지가 숲으로 뒤덮여 있어 공짜나 다름없는 그런 영지를 사고 싶었다. 나는 세상 물정 모르는 멍청이 땅 주인을 물색하고 있었는데 때마침 그런 사람을 찾아낸 것 같았다. 거대한 숲으로 뒤덮인 뻰자현의 어느 영지가 매물로 나온 것이다. 여기저기 알아본 바에 의하면, 영지를 매각하려는 사람은 딱 내가 원하던 멍청이인 데다가 산림의 가치만으로도 본전을 뽑을 수 있을 것 같았다. 나는 여행 채비를 하고 곧 출발했다. 처음에 우리는(나는 하인을 데리고 떠났다) 기차를 타고 가다가 우편 마차로 갈아탔다. 가는 길은 무척 즐거웠다. 아직 젊고 천성이 어진 하인도 나만큼이나 즐거워했다. 새로운 장소와 새로운 사람들이 줄줄이 나타났다. 우리는 신바람이 나서 마차를 달렸다. 목적지까지는 약 2백 킬로미터 정도가 남아 있었기 때문에 우리는 중간에 말만 갈아매고 그냥 계속 가기로 결정했다. 밤에도 우리

는 쉬지 않고 달렸다. 슬슬 졸음이 쏟아졌다. 나는 꼬박
꼬박 졸다가 불현듯 잠에서 깨어났다. 알 수 없는 두려움
이 몰려왔다. 깜짝 놀라 잠에서 깨어나면 종종 그러하듯,
신경이 곤두서서 다시 잠들 수가 없었다. 〈나는 왜, 어디
로 가고 있는 걸까?〉 문득 이런 생각이 들었다. 영지를 헐
값에 구입한다는 계획이 싫어진 것은 아니지만, 꼭 이렇
게 먼 곳까지 왔어야만 했나 하는 생각이, 잘못하면 이
낯선 곳에서 객사할지도 모르겠다는 생각이 부지불식간
에 떠올랐다. 그러자 등골이 오싹해졌다. 하인 세르게이
가 잠에서 깨어났고 나는 잘됐다 싶어 그와 이런저런 얘
기를 나누었다. 나는 주변 지역 얘기를 하며 말문을 열었
다. 그는 농담을 섞어 가며 대꾸했지만 내게는 지루하게
만 여겨졌다. 우리는 집안일에 대해서, 영지를 어떻게 구
입할지에 대해서 얘기를 주고받았다. 그가 어찌나 쾌활
하게 대꾸하는지 그저 놀랍기만 했다. 세르게이는 모든
게 즐겁고 유쾌한 듯했지만 나는 모든 게 지겨웠다. 그래
도 그와 대화를 나누는 동안만큼은 기분이 조금 나아졌
다. 지루하고 무서운 데다 피곤하기까지 했다. 쉬고 싶었
다. 어디든 들어가서 사람들도 좀 만나고 차를 한잔 마시
고, 무엇보다도 눈 좀 붙이고 나면 개운해질 것 같았다.
그 시간에 우리는 아르자마스 쪽으로 다가가고 있었다.

　「여기서 한숨 돌리고 갈 수 있나? 좀 쉬었으면 해서.」
　「물론입죠. 잘 생각하셨습니다요.」

「읍내까지는 아직도 멀었나?」

「여기서 7킬로미터 정도 더 가면 됩니다.」

마부는 단정하고 신중하고 과묵한 사람이었다. 아니나 다를까, 지루할 만큼 천천히 마차를 몰았다. 우리는 계속 달렸다. 곧 도착해서 쉬게 되면 모든 고통이 사라질 것이라고 생각하니 마음이 편안해졌다. 나는 잠자코 앉아 있었다. 마차는 어둠 속을 달리고 또 달렸고, 나에게는 그 시간이 무서울 정도로 길게 느껴졌다. 읍내가 점점 가까워졌다. 마을 사람들은 모두 잠들어 있는 듯했다. 어둠 속에서 자그마한 집들이 몇 채 보였다. 늘 그러하듯 집들이 가까워지자 방울 소리와 말발굽 소리는 더욱 크게 울려 퍼졌다. 크고 하얀 집들도 여러 채 보였다. 그러나 이 모든 것들은 내 기분을 돋우지 못했다. 나는 역참에 들러 차를 마시고 누워서 쉬기만을 학수고대하고 있었다. 마침내 말뚝이 세워진 조그마한 집 앞에 도착했다. 집은 하얗게 칠해져 있었는데, 내 눈에는 무섭도록 음울해 보였다. 심지어 등골이 서늘해지기까지 했다. 나는 조용히 마차에서 내렸다. 세르게이는 문간 계단을 쿵쾅거리고 뛰어다니며 필요한 짐들을 잽싸고 활기차게 옮겨 놓았다. 세르게이의 쿵쾅거리는 발소리는 나를 더 울적하게 만들었다. 안으로 들어가자 좁은 복도가 나왔다. 잠에서 덜 깬 부스스한 얼굴의 남자가 나에게 방을 보여 주었다. 그의 뺨에 박힌 점은 무시무시했다. 방은 음침했다.

방 안으로 들어가자 기분이 더욱더 심란해졌다.

「쉬었다 갈 만한 방은 없나?」

「있다마다요. 이게 그 방입죠.」

그 방은 온통 흰색으로 칠해진 사각형의 작은 방이었다. 기억하건대, 이 방이 사각형이라는 바로 그 점 때문에 나는 너무나 고통스러웠다. 방에는 붉은 커튼이 달린 창문이 하나 나 있었다. 까렐리야 지방의 자작나무로 만든 탁자와 구부러진 팔걸이가 달린 소파가 있었다. 우리는 방 안으로 들어갔다. 세르게이는 사모바르에 물을 끓여 차를 준비했다. 나는 베개를 가져와 소파에 누웠지만 잠은 오지 않았다. 세르게이가 차를 마시며 나를 부르는 소리가 들려왔다. 일어나 앉는 게 두려웠다. 잠이 완전히 달아나 이 방에 우두커니 앉아 있게 될까 봐 두려웠다. 나는 소파에 누운 채 그대로 졸기 시작했다. 아마도 깜빡 잠이 들었었나 보다. 눈을 떴을 땐 방 안엔 아무도 없었고 주변은 온통 컴컴했다. 마차에서 그랬던 것처럼 나는 또다시 신경이 곤두선 상태가 되었다. 다시 잠드는 건 절대로 불가능할 것 같았다. 나는 왜 여기에 왔을까. 나는 어디로 가고 있는 걸까. 뭐가 그토록 두려워 도망치려 하는 걸까. 도대체 어디로 도망치려 하는 걸까. 무언가 끔찍한 것으로부터 도망치고 싶은데, 도망칠 수가 없다. 나는 언제나 나다. 그런데 나를 괴롭히는 것은 바로 나 자신이다. 그래, 나다. 여기 내가 있다. 뻰자현의 영지건 그

밖의 어떤 영지건 나한테 무언가를 더해 주지도 못할 것이고 빼앗지도 못할 것이다. 나는 내가, 나 자신이 지긋지긋하고 역겨워 견딜 수 없이 고통스럽다. 잠 속으로 도피해서 잊고 싶었으나 그럴 수가 없었다. 나 자신으로부터 도망갈 수가 없었다. 나는 복도로 나왔다. 세르게이는 좁고 긴 벤치에 누워 팔을 아래로 떨어뜨린 채 단잠을 자고 있었고, 얼굴에 점이 박힌 종업원 역시 잠들어 있었다. 나는 나를 괴롭히는 것으로부터 도망치려고 복도로 나왔다. 그러나 그것은 득달같이 뒤쫓아 나와 계속해서 나를 불안하게 만들었다. 나는 점점 더 무서워졌다. 〈이 얼마나 바보 같은 짓인가.〉 나는 스스로에게 말했다. 〈무엇 때문에 이렇게 기분이 나쁜 거지? 무엇이 그토록 두려운 거지?〉 「나를 두려워하는 거지.」 죽음이 들릴락 말락 한 목소리로 대답했다. 「내가 여기 있거든.」 온몸에 소름이 쫙 끼쳤다. 그래, 죽음이야. 죽음이 오고 있어, 바로 여기 와 있어. 하지만 그래선 안 돼. 실제로 죽음이 코앞에 찾아온다고 해도, 그때와 같은 공포는 두 번 다시 경험하지 못할 것이다. 이제 나는 죽음을 두려워하지 않지만, 당시에는 다가오는 죽음이 눈에 보이는 것 같았고 손으로 만질 수 있을 것 같았다. 그러나 동시에 절대로 그것이 와서는 안 된다는 생각이 들었다. 내 전 존재가 나는 살아야 한다고, 그럴 권리가 있다고 외치면서 동시에 점점 더 강렬하게 죽음을 체감하고 있었다. 내면에서 일어나는 바로 이러한 분열이 가장 끔찍했다. 나는 안간힘을 다해 공포를 떨쳐 버리려 했다. 청동 촛대에 타다 남은 양초가 꽂혀 있는 게 보이기에 불을 붙였다. 붉게 타오르는 불꽃과 촛대보다 작은 양초 토막은 여전히 같은 것을 말해 주고 있었다. 삶에는 아무것도 없고 오로지 죽음만이 있을 뿐이다. 하지만 절대로 그래서는 안 된다. 나는 내 관심사, 즉 구입하려는 영지나 아내에 대해 생각해 보려 했지만 그 어떤 생각도 즐겁기는커녕 그저 무의미하기만 했다. 내가 점점 죽어 가고 있다는 생각이 너무나 끔찍해서 아무것도 할 수 없었다. 자는 수밖에 없었다. 나는 자리에 누웠다. 그러나 눕자마자 공포가 엄습해 와 벌떡 일어났다. 메스꺼움, 정신적인 메스꺼움, 토하기 직전의 뉘엿거림 같은 일종의 정신적인 메스꺼움이 밀려왔다. 끔찍하고 무서웠다. 죽음이 끔찍한 것인 줄 알았는데, 삶을 떠올리며 생각해 보니 끔찍한 것은 죽어 가는 삶이었다. 어쩐 일인지 삶과 죽음이 하나로 뒤엉켰다. 무언가가 내 영혼을 갈기갈기 찢어 버리려 하는데 완전히 찢지는 못하고 있는 것 같았다. 다시 복도로 나가 곯아떨어져 자고 있는 두 사람을 바라보았다. 또다시 잠을 청했으나 새빨갛고 새하얗고 사각형인 공포만이 여전했다. 무언가가 갈가리 찢어지면서 여전히 완전히 찢겨 나가지 못하고 있었다. 괴로웠다. 사악하고 메마른 고통만이 있었다. 내 안에는 단 한 방울의 선함도 없었다. 나 자신과 나를 만

139

들어 낸 존재를 향한 매끄럽고 침착한 악의만이 느껴졌다. 누가 나를 만들었지? 신, 그래, 신이라고들 하지. 기도를 해야겠다는 생각이 들었다. 나는 오랫동안, 그러니까 근 20년 가까이 매년 의례적인 금식은 지켰지만 기도하거나 믿음을 가졌던 적은 단 한 번도 없었다. 나는 기도하기 시작했다. 주여, 우리를 불쌍히 여기소서. 주기도문도 외우고 성모송도 읊조렸다. 기도문을 지어내기까지 했다. 나는 성호를 긋고 땅에 엎드려 절을 했다. 그러면서도 혹시나 누가 그러는 나를 볼까 봐 겁이 나서 사방을 두리번거렸다. 기도 덕분에 공포가 잦아드나 했더니 누군가 나를 볼지 모른다는 새로운 공포가 분심을 일으켰다. 그래서 다시 자리에 누웠다. 그러나 자리에 누워 눈을 감자마자 또다시 공포가 밀려와 벌떡 일어났다. 더 이상은 참을 수가 없었다. 종업원과 세르게이를 깨워 떠날 채비를 시킨 후 바로 출발했다. 바깥 공기와 마차의 흔들림 덕분에 기분이 한결 좋아졌다. 그러나 나는 내 영혼 밑바닥에 무언가 새로운 것이 가라앉았고 그것이 지나온 내 삶을 송두리째 독살시키고 있다는 것을 깨달았다.

—

어두워질 때까지 우리는 목적지를 향해 달렸다. 나는 온종일 예의 그 우울한 느낌과 싸워 결국 이겨 냈지만 마음 깊은 곳에는 섬뜩한 침전물 같은 것이 남아 있었다. 마치 어떤 불행한 일이 내게 일어나고 있는데 나는 단지 잠시 동안만 그 사실을 잊어버릴 수 있을 뿐 불행이 내 영혼의 밑바닥에 도사리고 앉아 나를 휘어잡고 있는 것 같았다.

우리는 저녁이 다 되어서 영지에 도착했다. 주인 노인은 썩 기분이 좋아 보이지는 않았지만(영지를 파는 것이 억울한 듯했다), 그래도 친절하게 우리를 맞이해 주었다. 푹신한 응접세트가 놓인 깨끗한 방들. 반짝거리는 새 사모바르. 큼지막한 다기와 꿀을 담은 단지. 모든 것이 훌륭했다. 그러나 나는 잊고 있던 숙제를 하듯 마지못해 영지에 대해 이것저것 캐물었다. 모든 게 썰렁했다. 그래도 밤이 되자 나는 메스꺼운 느낌 없이 잠들 수 있었다. 밤에 다시 한번 기도를 올린 덕분인 것 같았다. 그 후 나는 예전 같은 삶으로 돌아왔다. 그러나 그때 느낀 우울증이 언제 또다시 엄습해 올지 몰라 늘 전전긍긍했다. 나는 아무 생각 없이 습관적으로 배운 것을 암기하는 학생처럼 익숙한 삶의 조건 속에서 잠시도 쉬지 않고 열심히 살아가야 했다. 아르자마스에서 처음 경험한 그 무서운 우울증에 두 번 다시 휘말리지 않기 위해서는 그러는 수밖에 다른 도리가 없었다. 나는 무사히 집으로 돌아왔다. 돈이 부족했던 탓에 영지는 구입하지 않았다. 교회에 나가고 기도를 하기 시작했다는 한 가지 변화를 제외한다면 삶은 예전과 똑같았다. 그러나 이제 와 생각해 보면, 예전과 똑같아 보이기만 했을 뿐 예전과 같을 수는 없었다. 나는 전에 하던 일을 하고 전에 놓인 궤도 위를 전과 같은 속도로 달리고 있을 뿐이었다. 새로운 일은 아무것도 시작하지 않았다. 그러자 과거에 했던 일들조차 점차 관심 영역 밖으로 밀려났다. 모든 것이 지겹게 느껴지는 대신 신앙심이 깊어졌다. 이를 눈치챈 아내는 잔소리를 하고 바가지를 긁어 댔다. 그래도 집에서는 우울증이 재발하지 않았다. 그러던 어느 날 예상치 못하게 모스끄바에 갈 일이 생겼다. 오후에 짐을 챙겨 저녁 무렵에 출발했다. 소송과 관련해서 처리해야 할 일이 있었다. 모스끄바까지 가는 길은 즐거웠다. 도중에 하리꼬프의 지주와 알음알이를 트게 되어 영지 경영과 은행 업무, 모스끄바 숙소와 연극 등등에 대해 이야기를 나누었다. 우리는 함께 마스니쯔까야 거리에 있는 모스끄바 여관에 짐을 풀고 바로 「파우스트」 공연을 보러 가기로 했다. 여관에 도착하자 작은 방으로 안내되었다. 복도에서 나는 퀴퀴한 냄새가 코를 찔렀다. 종업원이 짐을 가져다주었고, 하녀는 초에 불을 붙여 주었다. 항상 그렇듯 촛불은 밝게 타오르다가 곧 사그라져 깜빡거렸다. 옆방에서 쿨럭쿨럭 기침을 하는 소리가 들려왔다. 필경 노인이 묵고 있는 듯했다. 하녀가 방을 나가자 종업원이 〈짐을 풀까요?〉라며 물어왔다. 촛불이 다시 살아나 노란 줄이 그어진 푸른색 벽지와 칸막이와 칠이 벗겨진 탁자와 작은 소파와 거울과 창문과 좁아터진 여관방 전체를 훤히 비춰 주었다. 갑자기 아르자마스에서 나를 덮쳤던 공포가 되살아나기 시작했다. 〈맙소사, 여기서 어떻게 밤을 보낸단 말인가.〉

「짐 좀 풀어 주게나.」 나는 종업원을 방에 붙잡아 두고 싶어서 이렇게 말했다. 〈최대한 빨리 옷을 갈아입고 극장으로 가야겠다.〉

종업원이 짐을 모두 풀었다.

「나와 함께 온 8호실 신사분한테 가서 준비가 되는 대로 금방 건너가겠다고 전해 주게.」

종업원이 나가자 나는 벽 쪽으로 시선이 쏠리지 않도록 애쓰면서 서둘러 옷을 갈아입었다. 〈이 무슨 바보 같은 짓이람.〉 나는 생각했다. 〈뭐가 그토록 두려운 거지? 꼭 어린애처럼 말이다. 유령은 무섭지 않다. 그래, 유령은 아냐⋯⋯. 이걸 무서워하느니 차라리 유령을 무서워하는 게 낫다. 그런데 이거라니, 그게 뭘 말하는 거지? 아무것도 아니다⋯⋯. 나 자신을⋯⋯. 아니야, 전부 다 헛소리야.〉 나는 빳빳하게 풀을 먹인 차가운 감촉의 셔츠를 입고 단추를 채운 다음 프록코트를 걸치고서 새 구두를 신었다. 그리고 하리꼬프 지주의 방으로 건너갔다. 그는 벌써 나갈 준비가 다 되어 있었다. 우리는 「파우스트」를 보러 가기 위해 여관 문을 나섰다. 도중에 그는 머리를 곱슬곱슬하게 손질하고 싶다며 이발소에 들렀다. 나도 머리를 다듬으며 프랑스인 이발사와 잡담을 나눴고 장갑도 한 켤레 샀다. 모든 게 좋았다. 나는 사각형 모양의 여관 방이나 칸막이에 대해선 완전히 잊어버렸다. 극장에서 보낸 시간도 즐거웠다. 연극이 끝나자 하리꼬프의 지주 는 저녁을 먹으러 가자고 했다. 연극 후의 식사는 내 평 소 습관에 어긋나는 일이었지만, 극장을 나서며 그가 식 사 제안을 했을 때 나는 여관방의 칸막이를 떠올리고선 그러자고 했다.

우리는 새벽 1시가 넘어 여관으로 돌아왔다. 나는 평 소답지 않게 와인을 두 잔이나 마셨지만 기분은 좋았다. 그러나 램프 불빛이 어스름히 비추는 복도로 들어선 순 간 사방에서 여관 특유의 냄새가 진동하면서 오싹한 공 포가 등줄기를 타고 흘러내렸다. 할 수 있는 것은 아무것 도 없었다. 나는 동행인과 악수를 나누고서 내 방으로 들 어갔다.

나는 아르자마스에서 보낸 밤보다도 더욱 끔찍한 밤 을 보냈다. 새벽녘에 옆방 노인의 기침 소리가 들리기 시 작하고 나서야 나는 몇 번이나 누웠다 앉았다 하며 잠을 청하던 침대가 아닌 소파에서 잠이 들었다. 밤새도록 참 을 수 없이 괴로웠고, 또다시 육체에서 영혼이 찢겨져 나 가는 듯한 고통을 겪었다. 〈나는 현재 살아 있고, 과거에 도 살았으며 앞으로도 살아야 한다. 그런데 갑자기 죽음 이 찾아와서는 모든 것을 파괴한다. 그렇다면 도대체 왜 살아야 하는가? 죽기 위해서? 그렇다면 당장이라도 죽어야 하나? 두렵다. 죽음이 올 때까지 기다려야 하나? 그건 더 두려운 일이다. 그럼 반드시 살아야만 하는가? 어째서지? 죽기 위해서?〉 나는 이 순환 논리에서 빠져나올 수가 없었다. 나는 책을 한 권 집어 들고서 읽기 시작했다. 의문은 잠시나마 잊히는 듯했으나 이내 똑같은 의문과 똑같은 공포가 꼬리를 물고 다시 이어졌다. 나는 침대에 누워 눈을 감았다. 상황은 점점 더 나빠졌다. 신이 이 모든 것을 만들었다. 어째서? 사람들은 따지지 말고 그냥 기도나 하라고 말한다. 좋다, 나는 기도를 했다. 나는 아르자마스에서 했던 것처럼 이번에도 그렇게 기도를 했다. 이전에 내가 했던 기도는 어린아이의 기도처럼 단순했다. 그러나 지금의 기도는 의미를 담고 있었다. 〈만약 당신이 존재하신다면, 제게 답을 내려 주세요. 저는 왜 이런 식으로 존재하는 겁니까?〉 나는 바닥에 엎드려 내가 아는 모든 기도문을 외우고 내 나름의 기도문까지 지어내 가며 절규했다. 〈제발, 길을 열어 주소서.〉 그러고서 조용히 대답을 기다렸다. 하지만 아무런 응답도 없었다. 대답을 줄 수 있는 그 어떤 이도 존재하지 않는 듯했다. 나는 철저하게 혼자였다. 대답을 거부하는 〈그분〉 대신 나는 스스로에게 답했다. 〈내가 사는 이유는 앞으로를 살기 위함이다.〉 내가 나에게 한 말이다. 그렇다면 이 불확실성은 다 무엇이며 이 고통은 또 무엇이란 말인가. 나는 앞으로

의 삶을 믿을 수가 없다. 혼신의 힘을 다 기울여 질문을 던지기 전에는 나도 삶이란 것을 믿었지만, 이제는 믿을 수 없다. 믿을 수가 없다. 신이여, 만약 당신이 존재한다면 당신은 나를 비롯한 모든 이에게 해답을 주었을 것이다. 그러나 당신이 존재하지 않는다면 남은 것은 단 하나, 절망뿐이다. 그러나 절망은 싫다. 너무도 싫다. 나는 혼란스러웠다. 신에게 진실을 보여 달라고, 모습을 보여 달라고 애원했다. 나는 사람들이 으레 하는 온갖 기도를 다 해보았지만 그는 모습을 드러내지 않았다. 〈구하라, 그러면 얻을 것이다.〉 나는 이 말을 떠올리며 간구했다. 그러나 나는 간구하는 중에도 위안이 아닌 휴식을 찾았다. 어쩌면 나는 신에게 간구하는 것이 아니라, 그를 거부하고 있는 것일지도 몰랐다. 〈당신이 신으로부터 한 걸음 물러서면, 신은 당신한테서 열 걸음 더 물러선다.〉 나는 신을 믿지도 않으면서 간구하고 있던 것이고, 그래서 신은 나에게 아무것도 보여 주지 않았던 것이다. 나는 신과 거래를 했고, 신을 비난했다. 한마디로 나에게는 믿음이 없었다.

—

　다음 날 나는 해야 할 일들을 하루 만에 다 해치우려고 동분서주했다. 다시는 이 여관방에서 밤을 보내고 싶지 않았기 때문이다. 일을 완전히 마무리 짓지는 못했지만 밤이 되자 나는 집으로 돌아왔다. 우울증은 도지지 않았다. 모스끄바에서 지낸 밤은 아르자마스에 다녀온 뒤로 변하기 시작한 내 인생을 더욱더 변화시켰다. 나는 세상일에 점점 더 관심을 잃기 시작했으며, 마침내 완전히 냉담해졌다. 건강도 나빠졌다. 아내는 치료를 받아야 한다며 난리를 쳤고 신앙심이니 하느님이니 하는 것은 모두 병 때문에 생겨난 것이라고 우겼다. 하지만 나는 이렇게 몸이 쇠약해지고 병이 생기는 것은 내 안의 질문들이 해결되지 않았기 때문임을 잘 알고 있었다. 나는 이런 의문들이 더 이상 발전해 나가지 못하도록 주어진 환경 속에서 최선을 다해 살려고 안간힘을 썼다. 나는 일요일과 축일마다 교회에 나갔고, 뻰자현에 다녀온 이후 하기 시작한 재계와 금식도 지켰다. 물론 대체로 그냥 습관적인 것이긴 했지만 기도도 열심히 했다. 나는 이로부터 어떤 것도 기대하지 않았다. 마치 해당 어음으로는 한 푼도 받지 못한다는 것을 알면서도 어음을 찢어 버리지 않고 가지고 다니면서 기한 내에 지불을 요구하는 사람 같았다. 모든 것이 그저 만약의 사태에 대비한 행동이었다. 영지 경영이 요구하는 생존 경쟁은 혐오스러웠고 또 그럴 만한 에너지도 없었으므로 나는 경영에서 손을 뗐다. 그 대신 신문이나 잡지, 혹은 소설을 읽거나 소소하게 카드 게임을 하며 시간을 채워 나갔다. 내가 유일하게 에너지를 소모할 때는 오랜 습관인 사냥을 하러 나갈 때였다. 나는

147

평생을 사냥꾼으로 살았다. 어느 겨울날 이웃에 사는 사
냥꾼이 늑대 사냥을 가자며 사냥개를 데리고 나를 찾아
왔다. 우리는 함께 사냥에 나섰다. 사냥터에 도착한 우리
는 스키로 갈아 신고서 행동을 개시했다. 사냥은 성공적
이지 못했다. 늑대들이 포위망을 뚫고 흩어졌기 때문이
었다. 멀찍한 곳에서 기척을 느낀 나는 방금 찍힌 듯한
토끼 발자국을 따라 숲속으로 들어갔다. 발자국은 나를
숲 깊은 곳으로 데려갔다. 그곳에서 토끼를 발견했지만
토끼는 깡충 뛰어오르더니 순식간에 도망가 버렸다. 나
는 뒤돌아 걸었다. 우거진 숲을 되돌아 나오려는데, 눈이
너무 깊게 쌓여 있어 스키가 푹푹 빠졌고, 나뭇가지들이
마구 뒤엉켜 있어 어디가 어딘지 분간하기가 갈수록 더
어려워졌다. 눈 때문에 주변이 온통 달라 보여 내가 어디
있는 건지 도통 알 수가 없었다. 문득 내가 길을 잃었다
는 것을 깨달았다. 집도, 사냥꾼 일행도 멀리 떨어져 있
어 아무런 소리도 들리지 않았다. 나는 땀에 흠뻑 젖은
채 탈진해 있었다. 멈춰서 쉬자니 얼어 죽을 것만 같았고,
계속 걷자니 기운이 모두 빠져 버릴 것 같았다. 소리를
질렀지만 사방은 고요했다. 대답하는 이는 아무도 없었
다. 나는 왔던 길을 되돌아 걸었다. 여전히 어디가 어디
인지 알 수 없었다. 주위를 둘러보았다. 우거진 숲 때문
에 어디가 동쪽이고 어디가 서쪽인지 가늠할 수가 없었
다. 나는 다시 왔던 길을 걸어갔다. 다리가 저려 왔다. 나

는 겁에 질려 그 자리에 멈춰 섰다. 아르자마스와 모스끄 바에서 나를 덮쳤던 공포가, 아니 그때보다 백배는 더한 공포가 엄습해 왔다. 심장이 쿵쿵거렸고, 손발이 후들후들 떨렸다. 여기서 죽는 건가? 죽고 싶지 않다. 왜 죽어야 하지? 죽는다는 게 뭐지? 나는 이전처럼 신에게 따져 묻고 그를 비난하고 싶었지만, 문득 신과 시비를 가려서는 안 된다는 것을, 내게는 감히 그럴 권리가 없다는 것을, 신은 필요한 모든 것을 말했고, 잘못을 저지른 이는 나 하나라는 것을 깨달았다. 나는 신에게 용서를 구하며 기도하기 시작했다. 나 자신이 혐오스러웠다. 공포감은 오래가지 않았다. 나는 그 자리에 서서 정신을 가다듬은 뒤 한 방향으로만 걸었다. 그리고 결국 숲에서 빠져나왔다. 내가 길을 잃은 곳은 숲 언저리에서 멀지 않은 곳이었다. 나는 숲 언저리의 큰 길로 빠져나왔다. 손발이 여전히 덜덜 떨리고 있었고 심장 역시 쿵쿵대고 있었다. 그러나 너무나 기뻤다. 나는 사냥꾼들이 있는 곳으로 가 그들과 함께 집에 돌아왔다. 기분이 좋았다. 나는 이제 홀로 있을 때도 분별할 수 있는 어떤 기쁨이 내 안에 있다는 것을 깨달았다. 그런 식으로 일이 진행되었다. 나는 서재에 홀로 앉아 내 모든 죄를 되새기며 용서를 구하는 기도를 올렸다. 죄는 몇 가지 안 되는 것 같았다. 그러나 그것들을 머릿속에 떠올리고 나자 금방 역겨워졌다.

———

　그때부터 나는 성서를 읽기 시작했다. 구약 성경은 이해하기 어려웠지만 마음을 끌어당기는 힘이 있었고, 복음서는 나를 감동시켰다. 그러나 내가 가장 즐겨 읽은 것은 성자전이었다. 성자전은 나를 위로해 주었고, 내가 충분히 본받을 수 있는 모델을 보여 주었다. 이때부터 나는 점점 더 영지 경영과 가정일에 무심해졌다. 그것들은 심지어 역겹기까지 했다. 모든 게 그게 아닌 것 같았다. 무엇이 〈그것〉인지는 알 수 없었지만, 나의 삶이었던 것들은 더 이상 내 삶이 아니었다. 또다시 영지를 구매하려던 중에 나는 이를 깨달았다. 집에서 멀지 않은 곳에 조건이 좋은 영지가 매물로 나와 있었다. 나는 영지를 보러 갔다. 땅은 훌륭했으며, 수익은 확실했다. 영지 농부들의 땅이라고는 채소밭뿐이었으므로 특히 수익이 좋을 것 같았다. 나는 농부들이 지주의 밭을 붙이는 대가로 추수 때는 공짜 노동력을 제공해야 하리라는 것을 재빨리 간파했다. 내 생각은 옳았다. 나는 이 모든 것에 제대로 값을 쳐주었고 이런 경우 늘 그랬듯이 몹시 기분이 좋았다. 그런데 집으로 오는 도중에 한 노파에게 길을 묻다가 잠시 이야기를 나눈 것이 화근이었다. 노파는 자신의 궁핍에 대해 구시렁거렸다. 집에 도착한 나는 아내에게 수익이 좋은 영지를 구매하게 되었다며 떠벌리다가 문득 부끄러워졌다. 역겨워졌다. 나는 아내에게 이 영지의 수익은 사람들의 가난과 슬픔으로부터 나오는 것이기 때문에 영지를 살 수 없다고 말했다. 그렇게 말한 순간 갑자기 내가 한 말의 진실이 나를 밝게 비춰 주었다. 진실의 핵심은 농민들 역시 우리와 마찬가지로 살기를 원하며, 복음서에 쓰여 있듯 그들은 우리의 형제요, 하느님 아버지의 아들이라는 사실이었다. 갑자기 오랜 시간 나를 압박하고 있던 무언가가 내게서 떨어져 나가고는, 새로운 무언가가 분명하게 생겨났다. 아내는 화를 벌컥 내며 욕설을 퍼부었지만 나는 기뻤다. 이것이 내 광기의 시작이었다. 그러나 내 완전한 광기는 그로부터 한 달이 지난 후 내가 교회에 다니면서 시작되었다. 나는 성찬 예배식에 참례하고, 정성껏 기도를 올리고, 말씀을 듣고 온유해졌다. 영성체 시간이 되었다. 나도 성체를 영했다. 사람들은 십자가에 입을 맞추기 위해 그쪽으로 밀쳐 대며 몰려갔다. 성당에서 나오다 보니 출구 앞에 걸인들이 모여 있었다. 불현듯 이 걸인들이 있어서는 안 된다는 생각이 분명하게 떠올랐다. 이 모든 고통은 절대로 있어서는 안 된다. 이 모든 고통이 없다면 죽음도 공포도 없을 것이다. 그렇게 되면 예전과 같이 마음이 찢어지는 일도 없을 것이다. 나는 이제 더 이상 아무것도 두렵지 않았다. 그러자 찬란한 한줄기 빛이 나를 온전히 비추었고 나는 비로소 지금의 내가 되었다. 만일 세상의 고통이 없어진다면 내 안의 고통도 없어질 것이다. 당장 교회 입구에서 나는 가지고 있던 36루블을 모두 걸인들에게 나누어 준 뒤 사람들과 함께 이야기를 나누며 걸어서 집으로 돌아왔다.

죽음은 끝났다

1. 똘스또이의 무덤

모스끄바에서 남쪽으로 약 2백 킬로미터 떨어진 뚤라 현의 작은 마을 〈야스나야 뽈랴나〉는 러시아 대문호 레프 똘스또이가 태어나고 묻힌 곳이다. 똘스또이 백작 가문의 영지인 이곳 저택에서 대문호는 가정을 꾸렸고 『전쟁과 평화』, 『안나 까레니나』, 『부활』에 이르는 대표작들 대부분을 집필했으며, 부인 소피야와 함께 열세 명의 아이들을 낳고 길렀다. 대문호 일가가 살았던 저택과 주변 대지는 현재 똘스또이 기념관으로 보존되어 해마다 수많은 방문객을 맞이하고 있다.

〈야스나야 뽈랴나(빛나는 초원)〉는 그 이름에 걸맞게 드넓은 풀밭, 떡갈나무와 자작나무가 우거진 숲, 그림 같은 호수와 과수원을 자랑한다. 정문을 지나 〈쁘로시 뻭뜨〉라 불리는 자작나무 오솔길을 따라 저택을 향해 걸어가다 보면 화살표 모양의 표지판이 나오는데, 이 표지판이 가리키는 〈똘스또이 묘소〉 방면으로 한참 걷다 보면 나지막한 철제 울타리로 둘러쳐진 공터에 불쑥 솟아 있는 작은 흙무덤이 눈에 들어온다. 무덤이라기보다는 흙더미 위에 풀이 자라난 것처럼 보이는 이 무덤에는 십자가도 없고 묘비도 없고 안내판도 없다. 사전 정보나 가이드 없이 온 방문객은 그냥 지나칠 수도 있는 모양새다.

평지에 관을 놓고 흙을 덮은 이 무덤은 그 〈없음〉으로 인해 인류 역사상 가장 유명한 무덤 중의 하나로 손꼽힌다. 똘스또이는 유언장에서 자신이 사망할 경우 화환도 추도문도 추도식도 다 생략하고 가장 간소한 장례 절차를 지켜 달라고 했다. 그는 러시아 정교회에서 파문당했으므로 그리스도교식 장례는 어차피 불가능했지만 그렇다 하더라도 이렇게 기이하게 소박한 무덤은 전적으로 고인의 유지를 받든 결과라 할 수 있다.

필자는 2017년 5월에 똘스또이의 묘소를 방문했는데, 갑자기 기온이 영하로 떨어지고 비바람이 몰아쳐서 그랬던지 방문객은 아무도 없었다. 인적이 완전히 끊긴 무덤가에는 꽃 한 송이도 없었고 새소리도 들리지 않았다. 휭휭거리는 비바람 속에 하늘과 땅과 나무와 풀만 있었다. 문명의 흔적이라고는 철제 울타리밖에 없었다. 거장은 죽어서까지 온몸으로 문명을 거부하고 있는 듯했다.

보는 이에 따라 이 무덤의 의미는 달라질 것이다. 어떤 사람은 모든 허세를 떨쳐 버린 거장의 고결함에 머리를 숙일 것이고 또 어떤 사람은 조금 지나친 게 아닐까 하며 고개를 갸우뚱할 것이다. 또 어떤 사람은 어딘지 섬뜩한 느낌이 들어 조금 뒷걸음을 칠지도 모른다. 그러나 개인의 반응이 어떠하건 이 무덤과 관련된 두 가지 변함없는 사실이 있다. 첫째, 여기 있는 것은 문명에 반대했던 한 위대한 인간의 죽음과 자연이다. 둘째, 삶과 죽음은 똘스또이가 일생 동안 중단 없이 탐구했던 주제인 만큼 이 기이한 무덤은 그 어떤 기념비보다도 웅변적으로 거장의 삶과 작품 세계를 요약해 준다. 그렇다. 똘스또이는 평생 동안 문명을 비판했고 평생 동안 죽음을 성찰했다. 그의 무덤은 그의 사상의 출발점이자 종착역이다.

2. 생애

똘스또이는 1828년 8월 28일 야스나야 뽈랴나에서 아버지 니꼴라이 일리치 똘스또이 백작과 어머니 마리야 니꼴라예브나 볼꼰스까야 사이의 넷째 아들로 태어났다. 아버지는 부유하고 명망 있는 볼꼰스끼 공작의 외동딸과 결혼해 그녀가 상속받은 야스나야 뽈랴나의 저택에 안착했다. 어머니는 선량하고 신앙심이 깊은 여성이었으며 좋은 가문에서 교육을 받은 덕에 음악과 미술에 조예가 깊었다. 그러나 안타깝게도 똘스또이가 만 두 살이 채 되기도 전에 세상을 하직했다. 그로부터 7년 뒤인 1837년에는 아버지가, 이듬해에는 할머니마저 세상을 떠났다.

어린 나이에 부모를 잃고 고아가 된 아이들은 친척들 손에서 자라났다. 똘스또이가 가장 믿고 의지했던 친척은 따찌야나 숙모로 그녀는 오랜 시간 동안 깊은 사랑과 헌신으로 아이들을 돌보아 주었다.

1844년 똘스또이는 까잔 대학 동양학부에 입학해 터키어와 아랍어를 공부했고 나중에는 법학과로 전과했다. 공부에 큰 흥미를 느끼지 못했으며 성적도 별로 좋지 않았다. 1847년 재산 분할로 야스나야 뽈랴나 영지를 상속받자 차제에 대학을 중퇴하고 고향으로 돌아갔다. 청년 똘스또이는 이중적인 모습을 보여 준다. 그는 한편으로는 대부분의 다른 귀족 자제들처럼 도박, 음주, 여성 편력 등 방탕한 생활에 빠져들었다. 그러나 다른 한편으로 이런 자신의 모습에 대한 깊은 혐오감과 도덕적인 자괴감으로 고통스러워했다. 이 시기 그는 또한 스스로 세운 학업 계획에 따라 공부를 하며 여러 책을 탐독하기 시작했다. 영어와 수학, 음악, 미술 등을 독학으로 공부했고, 스무 권짜리 루소 전집을 읽으며 루소의 사상에 깊이 빠지기도 했다. 농민 문제 역시 청년 똘스또이가 일찍부터 관심을 기울이고 있던 분야였다. 그는 직접 농지 경영에 뛰어들어 농민을 돕고자 했지만, 그들의 뿌리 깊은 불신과 적대감에 부딪혀 수시로 좌절하곤 했다. 농민들의 생활 환경을 개선해 주려 했던 젊은 똘스또이의 열정은 실패로 끝났다. 그는 이때의 경험을 훗날 중편 「지주의 아침」, 그리고 『안나 까레니나』에 반영시켰다.

똘스또이는 1852년 큰형 니꼴라이가 있는 까프까스 포병대에 입대했다. 군 복무를 하는 동안 본격적인 창작이 시작되었다. 같은 해에 그는 첫 작품 「유년 시대」를 당대 최고의 문예지 『동시대인』에 발표했다. 첫 소설로 단번에 문단의 주목과 비평가들의 찬사를 받은 그는 곧 이어 「소년 시대」를 발표하고, 「까자끄들」의 집필을 시작했다.

1856년 군 복무를 마치고 뻬쩨르부르끄로 돌아온 똘스또이는 문단의 열렬한 환영을 받았다. 뚜르게네프, 곤차로프, 네끄라소프 등 당대 최고의 문인들과 친분을 쌓았으나 얼마 후 이들과의 관계에 염증을 느껴 유럽으로 훌쩍 떠났다. 유럽 여행의 첫 목적지인 파리의 쾌활함과 역동성은 그를 매혹시켰다. 그러나 그는 파리를 떠나기 직전 단두대 처형식을 목격하고 엄청난 충격에 빠졌다. 참전 경험을 통해 죽음을 목격하는 일에 익숙해진 터였지만 기요틴이라는 이름의 처형 기계는 똘스또이를 혐오와 공포의 심연으로 밀어 넣었다. 서구 문명이 보여 준 반인륜적 장면을 뒤로 한 채 똘스또이는 프랑스를 떠나 스위스와 독일을 거쳐 러시아로 돌아왔다. 유럽을 여행하면서 농민들을 위한 제대로 된 교육이 필요하다는 것을 절감한 똘스또이는 1859년 야스나야 뽈랴나에 학교를 설립했다. 더욱 체계적인 교수법을 연구하기 위해 1860년에

는 두 번째 유럽 여행길에 올랐다. 러시아와 유럽을 오가
던 이 시기에도 창작은 계속되었다. 「루체른」, 「알베르뜨」,
「세 죽음」 등 여러 편의 작품이 이 시기에 집필되었다.

1862년, 두 번째 유럽 여행을 마치고 러시아에 돌아온
똘스또이는 모스끄바 의사의 딸 소피야 안드레예브나 베
르스에게 청혼한 뒤 득달같이 결혼식을 올렸다. 서른넷
의 노총각 똘스또이 백작은 열여덟 살 신부를 데리고 고
향으로 돌아가 신혼 생활을 시작했다. 두 사람 사이에는
열세 명의 아이들이 태어났다. 그중 다섯 명은 어렸을 때
사망했지만 나머지 여덟 명은 장성해서 일가를 이루었
다. 결혼으로 안정을 찾은 똘스또이는 1863년 장편소설
『전쟁과 평화』 집필에 착수했다. 6여 년 만인 1869년에
완성된 이 소설은 러시아 문학을 대표하는 대하 역사 소
설로 러시아 안팎에서 똘스또이의 명성을 확고하게 해주
었다.

이 시기 똘스또이의 집필은 문학 창작에만 국한된 것
이 아니었다. 워낙 교육에 관심이 많았던 그는 아동 교육
도서인 『독본』을 기획 집필했다. 똘스또이 생전에 20판
까지 발행된 이 저술은 교육자 똘스또이의 헌신과 열정
을 웅변적으로 대변해 준다. 『독본』의 집필이 마무리되
자 똘스또이는 『안나 까레니나』 집필에 몰두했다. 한 유
부녀의 불륜을 소재로 삶과 죽음에 대한 대문호의 깊은
사색을 담아낸 『안나 까레니나』는 5년이라는 각고의 세

월을 거쳐 완성되었다.

『안나 까레니나』의 완성과 때를 같이하여 똘스또이는 급격한 내면의 변화를 겪었다. 이 시점에서 그는 러시아 최고의 작가였다. 드넓은 영지의 주인이자 한 가정의 존경받는 가장이었다. 돈이면 돈, 명예면 명예, 건강이면 건강, 무엇 하나 남부러울 것이 없었다. 그런데 바로 이때 그는 무서운 허탈감을 체험했다. 왜 살아야 하는지, 인생의 의미는 무엇인지, 어떻게 살아야 하는지…… 꼬리에 꼬리를 물고 이어지는 철학적 의문 앞에서 그는 오열했다. 그러면서 자신의 지나온 인생 전체를, 그러니까 젊은 날의 주색잡기에서부터 자신이 쓴 소설에 이르기까지 삶 전체를 통째로 반성했다. 그리고 앞으로 남은 인생을 〈참되게〉 살기로 결심했다. 흔히 〈회심〉이라 불리는 이 변화는 1884년에 발표한 『참회록』에 자세하게 기록되어 있다.

『참회록』을 기점으로 위대한 소설가 똘스또이는 위대한 스승 똘스또이로 거듭났다. 금주, 금연, 채식을 주장했고 청빈의 삶과 노동하는 삶을 주장했다. 사교계와 교회와 정부를 비난했으며 사치스러운 삶을 비난했다. 자신의 작품을 포함한 대부분의 예술을 비난했다. 그에게 예술이란 허황되고 공허하고 타락한 귀족의 소일거리에 불과했다. 그래서 그는 가급적 소설 쓰기를 자제했고 대신 도덕적이고 교육적인 글쓰기에 매진했다. 똘스또이는 마치 자신의 예술을 억누르려 하듯이 아름다운 문장이나 비유나 탁월한 묘사를 자제하려 안간힘을 썼다. 물론 그럼에도 불구하고 그의 타고난 예술성은 곳곳에서 머리를 들고 삐져나왔다. 아무튼 그는 문학성 높은 작품보다는 민중을 교화하기 위한 짤막한 우화를 썼고 위선적인 지식인을 비난하기 위해 심오한 도덕 철학서를 쓰기도 했다. 그는 명실공히 〈야스나야 뽈랴나의 현자〉이자 〈인류의 스승〉이었다.

그러나 그의 사회적 위치가 올라가면 갈수록 그와 러시아 정교회의 불화는 깊어만 갔다. 그는 원래부터 실용주의자였다. 그에게는 이성으로 파악할 수 있는 진리가 그리스도를 압도했고 인간이 어떻게 선한 삶을 살 것인가의 문제가 어떻게 신에게 가까이 갈 것인가의 문제보다 더 시급한 것이었다. 그는 도덕가이자 설교사였으며 행동가이자 사회 개혁가였다. 그가 종교에서 구한 것은 사람들을 일깨우고 가르치고 올바른 길로 인도하는 지혜, 부수고 다시 세우는 데 필요한 지혜였으며, 그랬기에 그러한 지혜를 제공할 수만 있다면 그리스도교가 아닌 다른 어떤 종교라도 상관이 없었다. 그는 진리를 구하기 위해 세계 각국의 종교를 섭렵했으며 심지어 분리파와 종파들의 일부 교리에 매료되기까지 했다. 그는 또한 종교에 입각한 새로운 낙원을 세우는 데 방해가 된다면 교회는 물론 그리스도까지도 기꺼이 부정했다. 1855년의 일기에서 드러나듯이 〈신앙과 신비가 제거된 그리스도

160

의 종교, 인류의 발전에 상응하는 새로운 종교, 미래의 행복을 약속해 주는 대신 지상의 행복을 제공해 주는 실질적인 종교의 창설)이 그의 목표였다. 그의 종교는 그리스도교가 아닌 보편적인 도덕론에 더 가까웠다. 1901년, 러시아 정교회는 그를 파문시켰다.

1880년대 이후 똘스또이는 교훈적인 작품에 매진하면서도 문학적인 완성도가 뛰어난 작품들을 지속적으로 선보였다. 중편 「이반 일리치의 죽음」과 「크로이처 소나타」, 그리고 마지막 장편 『부활』이 그 대표적인 예다. 미완의 단편 「광인의 수기」는 전기적 체험을 반영하는 수작으로 『이반 일리치의 죽음』의 예고편이라 할 수 있다.

말년의 똘스또이는 세계적인 명성을 누리는 거장이었다. 외국인들 사이에서 러시아는 〈똘스또이의 나라〉였다. 러시아 황제보다 똘스또이가 더 유명했다. 세계 곳곳에서 사람들이 이 위대한 스승을 만나기 위해 야스나야 뽈랴나로 몰려들었다. 그는 성자였고 야스나야 뽈랴나는 순례객들을 맞이하는 성지였다.

그러나 똘스또이의 명성이 높아 감에 따라 부부 사이의 갈등도 점점 더 거세졌다. 가정불화의 근본적인 원인은 똘스또이의 회심이었다. 부인 소피야는 남편이 주장하는 청빈의 삶도, 도덕주의도, 그리고 기이하게 변질된 종교도 모두 액면 그대로 받아들이기 어려웠고 남편은 그러는 부인을 속물이라 비난했다. 특히 저작권 문제는 똘스또이가 사망한 이후까지도 부인의 속을 썩였다. 똘스또이는 저작권을 포기하고 전 재산을 사회에 환원하겠다는 의지를 끝까지 관철시키려 했고 부인은 절대로 그것만은 용서할 수 없다고 버텼다. 두 사람은 거의 모든 문제와 관련해 팽팽하게 대립했고 하루가 멀다 하고 언성을 높였다. 부모 자식 간에도, 그리고 자식들 사이에도 보이지 않는 벽이 생겼다. 가정은 점점 지옥이 되어 갔다. 똘스또이는 이런 상태를 견딜 수가 없어 몇 번이나 가출을 생각했다.

1910년 10월 28일 이른 새벽, 마침내 노작가는 부인이 깊이 잠든 틈을 타서 주치의를 대동하고 정처 없는 방랑길에 올랐다. 그는 여동생이 수녀로 있는 수도원에 들러 하룻밤을 지새우고 기차에 올라탔다. 이때부터 막내딸 알렉산드라가 그의 여정에 합류했다. 기차 안에서 똘스또이는 열이 오르기 시작했다. 그래서 일행은 아스따뽀보라는 작은 역에서 내렸다. 역장이 이 유명한 현자에게 관사를 제공했다. 부인과 자식들, 지인들, 독자들, 내외신 기자들, 사진 기자들 등 수없이 많은 사람들이 그때까지 이름도 없던 작은 역으로 몰려들었다. 11월 6일 밤, 똘스또이는 〈진리를…… 나는…… 사랑한다〉라고 중얼거린 뒤 혼수상태에 빠졌다. 다음 날 새벽 대문호는 영원히 눈을 감았다.

3. 〈어떻게 살 것인가〉

똘스또이 문학과 사상 전체를 아우르는 한 가지 화두는 〈어떻게 살 것인가〉이다. 90권짜리 똘스또이 전집은 그 전체가 이 문제에 대한 답을 찾기 위한 작가의 집요한 사색과 고뇌를 기록한 것이라 해도 과언이 아니다. 〈어떻게 살 것인가〉에 대한 똘스또이의 탐색은 문명과 자연, 삶과 죽음이라는 키워드를 씨줄과 날줄로 진행된다. 이 네 가지 키워드는 서로 충돌하고 대립하고 얽히고설키는 가운데 똘스또이 특유의 삶에 대한 지극히 실용적이고 현세적인 철학, 궁극적으로 도덕이라 불리게 될 철학을 구축한다.

똘스또이에게 문명은 대단히 광범위하고 가변적인 개념이다. 그것은 인간의 생존에 필요한 거의 모든 것 — 가장 간단한 도구에서부터 기술, 과학, 관습, 사회 제도, 종교, 교육, 문화, 예술에 이르는 모든 것을 포괄한다. 쉽게 말해서 인간의 삶과 관련하여 〈자연〉이 아닌 모든 것, 인위적이고 인공적인 모든 것이 곧 문명이다.

자연 역시 그 못지않게 광범위하고 가변적이다. 자연은 일차적으로 문명이 아닌 것, 인간이 만들지 않은 것 대부분을 가리킨다. 그에게서 자연*Nature*과 자연력*the Elements*은 거의 구별되지 않는다. 아름다운 풍광도 산도 폭풍우도 눈보라도 모두 자연이라는 한 가지 개념으로 범주화되며 문명과 구별된다는 공통점을 지닌다. 그런 의미에서 문명과 자연은 대립적이고 상호 배타적인 두 개의 영역이다.

똘스또이에게 문명과 자연 간의 대립과 충돌은 인간의 조건이다. 도구에서부터 제도에 이르기까지의 모든 문명, 그리고 풀 한 포기에서 인간의 몸에 이르기까지의 모든 자연은 인간의 생존을 지지해 주는 두 개의 버팀목이다. 따라서 〈어떻게 살 것인가〉에 대한 답의 모색은 이 두 개의 버팀목에서 시작해야 한다. 문명과 자연 간의 대립이 똘스또이의 초기 작품에서부터 유표하게 등장하는 것도 이 때문이다.

그러나 문명과 자연 사이에서 답을 추구하던 똘스또이는 원숙기에 들어서면서 인생을 말할 때는 그 두 개의 상호 배타적인 영역 외에 또 하나의 영역을 고려해야만 한다는 것을 절감한다. 똘스또이는 그것을 때로는 〈정신〉, 혹은 〈영혼〉, 혹은 〈이성적 의식〉이라 부른다. 의식, 혹은 영혼은 문명 대 자연의 대립 관계를 넘어서는 모종의 다른 영역, 모호하지만 분명 존재하는 어딘가에 속하는 개념이다. 그것은 인간의 일부이지만 인간의 자연적인 조건을 넘어서고, 인간의 창조적 삶의 근원이 될 수도 있지만 동시에 인공적인 모든 것과 충돌한다.

똘스또이는 교훈적 저술 『인생의 길』에서 영혼을 이렇게 정의한다. 〈나와 세계에는 육체적인 것 이외에 육체에 생명을 주고, 육체와 밀접하게 이어져 있는 육체적이지 않은 어떤 것이 있음을 우리는 안다. 육체와 이어진 육체적이지 않은 이《어떤 것》을 우리는 영혼이라 부른다.》

똘스또이는 소설과 평론에서 영혼이라는 표현을 무척 자주 사용한다. 특히 〈양심은 영혼의 목소리다〉, 〈참된 삶은 영혼의 삶이다〉, 〈인간의 참된 행복은 영혼의 행복뿐이다〉 등등, 후기의 교훈적 에세이에서 영혼은 도덕적 함의와 함께 끊임없이 강조된다. 그러나 여기서 영혼이란 특별히 종교적인 개념이 아니다. 〈영혼 불멸〉이라는 그리스도교적인 교리와도 큰 상관이 없다. 똘스또이의 영혼은 문명과 자연을 초극하는 어떤 것, 그의 표현을 빌려 말하자면 〈초자연적인〉 어떤 것을 가리킨다. 물론 그의 〈초자연〉은 오늘날 여러 다양한 맥락에서 그 단어가 의미하는 바 — 이를테면 좀비, 불가사의, 신통력 — 와는 공통점이 없다. 그것은 문자 그대로 자연을 넘어서는 것, 자연보다 우월한 것, 곧 영혼의 영역을 지칭한다.

〈어떻게 살 것인가〉를 모색하는 지난한 과정에서 똘스또이는 점차 문명-자연의 이분법에서 벗어나 영혼(정신)의 영역으로 깊이 들어갔다. 그리고 영혼 영역의 맨 밑바닥에서 그가 찾은 것은 도덕이었다. 〈문명 대 자연〉의 대립은 그리하여 〈문명 대 도덕〉, 〈자연 대 도덕〉의 대립으로 분화되었다. 똘스또이가 도덕에서 답을 찾은 이유는 무엇보다도 문명과 자연의 대립만으로는 삶의 의미를 설명할 수 없었고 이상적인 삶의 실천 가능성도 확신

할 수 없었기 때문이다. 자연으로 돌아가는 것으로는 문명으로 인해 야기된 모든 문제를 해결할 수 없었다.

그러나 똘스또이를 도덕의 심연으로 밀어 넣은 가장 근원적인 요인은 죽음이었다. 똘스또이에게 죽음은 삶의 이면이었으며 죽음의 문제는 삶의 문제와 동등하게 중요한 것이었다. 〈어떻게 살 것인가〉와 〈어떻게 죽을 것인가〉는 동일한 문제의 양면이었다. 죽음의 문제를 해결하지 못하면 〈어떻게 살 것인가〉의 문제도 해결할 수 없었다. 따라서 〈어떻게 살 것인가〉의 문제를 풀기 위한 문명-자연-도덕의 3중 코드는 〈어떻게 죽을 것인가〉의 문제를 해결하기 위한 코드이기도 했다. 똘스또이의 문명관, 자연관, 도덕론, 그리고 인생론을 말할 때 반드시 죽음의 문제를 함께 논해야 하는 것도 이 때문이다.

4. 죽음의 확실성

똘스또이는 죽음을 미워했다. 두려워한 것을 넘어 혐오했다. 그는 건강했고, 작가로서 존경도 받았고, 돈도 꽤 많이 벌었다. 부부 싸움은 훨씬 나중에 그의 삶을 고통스럽게 한 요인이었다. 그는 삶을 즐겼다. 맛있는 음식도 좋아하고 여인들도 좋아하고 음악도 즐기고 사냥도 즐겼다. 살아 있는 게 너무 좋았다. 그런데 이토록 즐거운 삶이 언젠가 끝난다는 생각을 하니 견딜 수가 없었다. 그렇다. 죽음에 대한 똘스또이의 생각은 처음에 일단 분노였다.

두 번째로 그를 압도한 것은 죽음이 〈알 수 없는 것〉이라는 사실이었다. 그는 그냥 영감에 의존해 유려한 문장을 써내려 간 사람이 아니었다. 그는 청년 시절부터 엄청난 독서와 학습에 몰입했던 사람이다. 세상의 모든 종교, 모든 사상, 철학, 역사를 다 섭렵하려고 노력했다. 그런 그도 죽음에 대해서만은 알 수가 없었다. 그 알 수 없다는 것, 불가해하다는 것 ─ 이것이 그를 괴롭혔다. 그래서 그는 첫 작품인 「유년 시대」부터 마지막 작품에 이르기까지 끊임없이 죽음을 탐색했다.

그러나 똘스또이를 가장 고통스럽게 한 것은 죽음의 불가피성이었다. 『안나 까레니나』의 주인공을 살펴보자.

그는 자신을 포함하여 모든 인간의 앞길에는 고뇌와 죽음과 망각 외에는 아무것도 없다는 것을 확실하게 이해했다. 그리하여 이렇게는 살 수 없다고 생각했다. 이 인생이 뭔가 악마의 심술궂은 조소라고 생각하지 않을 수 있도록 해주는 어떤 해석을 발견하든지 아니면 차라리 권총 자살이라도 하는 수밖에 없다고 결심했다.

이 생각은 아주 직접적으로 똘스또이 자신의 생각을 반영한다. 실제로 그는 죽음의 확실성을 견딜 수가 없어 자살을 생각한 적이 몇 번이나 있다고 고백했다. 그러나 결국 그는 자살 대신 죽음의 성찰을 계속했고, 죽음의 확실성에도 불구하고 살아야만 하는 이유를 모색하는 데 남은 일생을 다 바쳤다. 〈회심〉과 『참회록』은 그 여정에서 결정적인 전환점이 되었다.

『참회록』에서 언급되는 우화를 읽어 보자.

동양의 옛 우화 중에, 초원에서 사나운 맹수의 습격을 받은 나그네에 관한 이야기가 있다. 맹수를 피하여 나그네는 물이 말라 버린 오래된 우물 속으로 뛰어 들어갔다. 그러나 그 순간 그는 우물 바닥에서 그를 단숨에 삼키려고 커다랗게 입을 벌리고 있는 한 마리의 용을 보았다. 사나운 맹수에게 목숨을 빼앗기고 싶지 않은 이 불행한 나그네는 밖으로 기어 나갈 수도 없었고 그렇다고 용에게 먹히고 싶지도 않으니 바닥으로 내려갈 수도 없었다. 그래서 하는 수 없이 중간 틈바구니에 나 있는 야생 관목 가지에 매달려 간신히 목숨을 지탱하고 있었다. 그러나 차츰 손에서 힘이 빠졌다. 그는 우물 아래와 위에서 자기를 기다리고 있는 죽음에 자신을 내맡기지 않으면 안 된다는 것을 알았다. 그래도 그는 매달려 있었다. 그러자 흰 쥐와 검은 쥐 두 마리가 기어오르더니 그가 매달려 있는 관목 줄기를 맴돌면서 갉아 먹기 시작했다. 머지않아 관목 줄기는 뚝 끊어질 것이고 그는 용의 입안으로 떨어질 것이 분명했다. 나그네는 자신이 죽음을 피할 길이 없다는 것을 알았다. 그런데 그가 매달려 있는 짧은 동안에도 그는 주위를 돌아보다가 관목 앞에 꿀이 묻어 있는 것을 발견하고는 혓바닥을 대고 핥기 시작했다.

똘스또이는 이 우화를 인용한 뒤 자신이 바로 이 나그네와 같다고 덧붙인다. 그 역시 죽음의 확실성을 잘 알면서도 생의 가느다란 나뭇가지에 매달려 있다. 그 역시 죽음이 닥쳐오리란 것을 잘 알면서도 꿀을 핥아 먹고 있다. 꿀이 의미하는 바는 사람마다 다 다르겠지만 똘스또이의 경우엔 가족에 대한 사랑과 저술에 대한 사랑이다. 그러나 똘스또이는 죽음이라고 하는 참혹한 진리를 잠시나마 잊게 해주는 이 꿀방울이 더 이상 달콤하지 않다고 진술한다. 이것이 그와 우화 속의 나그네의 차이점이다. 요컨대 이제는 그 어떤 것도 단 한 순간도 죽음의 확실성을 잊게 해주지 못한다는 뜻이다. 그리고 바로 이것이 『참회록』 전체의 취지이다.

일반적으로, 〈참회록〉이란 저자가 자신의 과오를 치열하게 반성하고 그 반성을 토대로 거듭남의 과정을 독자에게 전달하는 일종의 자서전이다. 이러한 거듭나기를 우리는 〈회심〉이라 부른다. 아우구스티누스와 루소의 참회록은 이 점에서 전형적이라 할 수 있다. 똘스또이 역시 외관상 참회록 저자들의 선례를 따른다. 그 역시 자신의 과오를 통렬하게 참회하고 도덕적인 거듭나기를 천명한 다. 그래서 대부분의 연구자들이 『참회록』의 출간을 똘스또이의 〈회심〉으로 간주하며 그것을 기점으로 그의 일생을 회심 전과 후로 나누어 보는 것이다.

그러나 『참회록』이 똘스또이의 참회와 반성을 기조로 하는 것은 사실이지만 그것보다 더 근원적인 것, 참회와 반성의 근저에 깔려 있는 것은 앞에서 인용한 글에 나타난 바와 같이 죽음의 확실성에 대한 자각이다. 죽음의 확실성을 자각하면 할수록 그는 더 이상 이제까지와 같이 살 수가 없게 된 것이다. 쉽게 말해서 참회도 반성도 거듭나기도 모두 죽음 때문이다.

똘스또이는 『참회록』 전체에 걸쳐 대단히 상세하게 죽음의 문제를 설파하는데, 그의 진술은 자포자기에 가깝고 논조는 시종일관 패배주의적이다. 무슨 일을 하건, 어떻게 살건 그의 뇌리에서 지워지지 않는 반문은 〈그래서 어쨌단 말인가〉이다.

〈어떻게 살아야 하는가, 무엇을 해야 하는가.〉 도무지 짐작도 되지 않는 회의의 순간이, 생활의 운행이 정지해 버리는 것 같은 순간이 나를 찾아왔다. 그러면 나는 당황하여 근심 속에 깊숙이 가라앉았다. 그런 상태는 곧 지나가고, 나는 다시 종전 같은 생활을 계속했다. 이윽고 그러한 회의의 순간이 점점 더 빈번하게 또 늘 같은 형태로 되풀이되기 시작했다. 생활이 정지해 버린 것 같은 이러한 상태에서는 언제나 〈무엇 때문에?〉, 〈그래서 삶은 어디로 가고 있는가?〉 같은 의문이 솟아올랐다.

의혹과 회의의 소용돌이 속에서 똘스또이는 스스로에게 수백 번 되묻는다. 〈나는 스스로에게 묻지 않을 수 없게 되었다…… 온 세계 모든 작가보다 빛나는 명성을 얻을지도 모른다. 그래, 그래서 어쨌다는 건가?〉 요컨대 죽음이 한순간 모든 것을 앗아 간다면 명예와 명성이 대체 무슨 소용인가. 그래서 어쨌다는 건가? 이에 대한 답을 어디에서도 찾지 못한 그는 산송장이나 다름없는 생을 영위하기 시작한다.

나의 생활은 정지했다. 그러나 호흡하고 먹고 마시고 잠잘 수는 있었다. 호흡하고 먹고 마시고 잠자지 않을 수도 없는 일이었다. 그러나 거기엔 이제 참된 의미의 삶은 없었다. (……) 인생은 무의미한 것이다. 이것이 진리였다. (……) 지금 곧 아니면 내일 질병이, 죽음이 내가 사랑하는 사람들이나 나 자신에게 덮칠 것이다. 그리고 시신에서 나는 부취와 구더기 이외에는 아무것도 남지 않을 것이다. 어떻게 사람들은 이 사실에 눈을 감고 살아갈 수 있을까? 참으로 놀라운 일이다.

　죽음의 확실성 앞에서 절대적인 허무를 체험하는 그는 묻는다. 허무와 무기력을 딛고 일어서서 다시금 살 수 있도록 해줄 그 무언가는 어디 있는가? 왜 나는 살지 않으면 안 되는가? 신기루처럼 순식간에 소멸할 내 삶에서 참되고 불멸인 무언가가 있는가? 이 무한한 세상에서 유한한 내 존재는 어떤 의의를 갖는가?

　이렇게 『참회록』은 죽음을 한 인간의 회심의 계기로서 전면적으로 다루지만 사실상 죽음은 『참회록』만의 문제가 아니라 똘스또이의 전 생애의 문제이다. 『참회록』에서 철학적 산문으로 설명된 죽음의 문제는 그의 거의 모든 저작에서 다양한 언어와 방식으로 다루어진다. 작가로 데뷔한 시점부터 세상을 하직할 때까지 똘스또이는 강박적일 정도로 죽음의 문제에 사로잡혀 있었다. 그는 그 어떤 작가보다도 죽음에 관해 많이 생각했고, 「세 죽음」, 「이반 일리치의 죽음」, 「주인과 하인」 같은, 죽음을 테마로 한 소설을 여러 편 썼으며, 또 『전쟁과 평화』, 『안나 까레니나』 같은 대작에는 예외 없이 임종에 관한 상세한 묘사를 포함시켰다. 연구자들이 그를 가리켜 〈죽음의 시인〉이라 부르는 것도, 그의 전 작품을 한마디로 〈죽음과의 대화〉라 규정하는 것도, 모두 다 근거가 있는 것이다.

5. 문명이냐 도덕이냐

똘스또이가 도덕의 문제에 깊이 파고들면서 문명과 자연의 단순한 대립 구조는 변형되었다. 요컨대 문명이냐 자연이냐가 아니라 〈문명화〉냐 〈자연화〉냐가 문제의 핵심으로 부상했다. 똘스또이는 문명과 문명으로 인한 부도덕의 관련성을 〈문명화〉란 표현으로 정의한다. 즉 문명이 아니라 문명화된 인간, 문명화된 사회, 문명화된 계급이 부도덕한 것이며 대부분의 문명화된 인간이 누리고 있는 것들, 재산, 관습, 교양, 종교, 예술이 부도덕한 것이다. 재산, 관습, 교양, 종교, 예술은 〈문명화되었다〉는 그 이유에서 위선적인 것이며 위선적이라는 이유에서 부도덕한 것이다.

똘스또이는 〈자연화〉라는 단어는 쓰지 않았다. 그러나 그의 사상과 예술에 나타나는 바의 반문명적인 거의 모든 것은 〈자연화〉로 설명된다. 〈자연화〉는 문명의 반대로서의 자연이나 야만과는 조금 다르다. 문명과 문명화가 다르듯이 자연과 자연화는 다른 것이다. 예를 들어, 〈자연화된〉 삶(혹은 자연화된 인간)은 자연 자체, 혹은 야만이 아니라 자연에 가까운 삶, 순리를 따르는 삶, 자연스러운 삶 등으로 해석될 수 있다. 그것은 진실된 것이며 그래서 〈성스러운 것〉이다. 여기에는 도덕적인 가치 판단이 들어가 있다.

아주 간단하게 말해서 〈문명화된 삶〉은 부도덕한 것이

고 〈자연화된 삶〉은 도덕적인 것이다. 문명화된 삶은 이기적이고 위선적이고 억압적이기 때문이며 자연화된 삶은 이타적이고 진실하고 자유롭기 때문이다. 궁극적으로 진실하고 자유로운 삶은 〈어떻게 살 것인가〉에 대한 답이며 이것은 또한 〈어떻게 죽을 것인가〉에 대한 답이기도 하다.

6. 「광인의 수기」

1869년 8월은 똘스또이에게 물질적으로 풍요로운 시간이었다. 도박과 도박 빚에서 벗어났고 『전쟁과 평화』의 성공으로 주머니가 두둑했다. 뻰자 지방에 매물로 나온 영지가 있다는 정보를 접한 그는 8월 말의 어느 날 하인을 데리고 매물을 구경하러 떠났다. 사란스끄에 가까워지자 그는 더 이상 여행을 계속할 수 없을 만큼 피곤했다. 9월 2일 그는 인근의 아르자마스라는 작은 마을에서 하룻밤을 쉬었다 가기로 결정했다. 여관방에 여장을 풀었지만 너무나 피곤해서 잠을 이룰 수 없었다. 이틀 후 그는 부인에게 다음과 같은 편지를 썼다. 〈새벽 2시였소. 너무나 피곤했소. 자고 싶었고, 피곤하다는 것 말고는 내 컨디션은 완벽했소. 그런데 갑자기 전에는 한 번도 경험하지 못했던 우울감과, 공포, 그리고 두려움에 사로잡혔소. 이 모든 것에 관해서는 나중에 상세하게 알려 주겠소. 이토록 고통스러운 감정은 생전 처음이었소…….〉

174

이때의 체험은 15년 후 「광인의 수기」라는 단편으로 구체화되었다. 비록 미완성의 작품이지만 이 단편은 『참회록』과 「이반 일리치의 죽음」 사이에서 일종의 교량 역할을 하는 중요한 자전적 소설이다. 주인공 〈나〉는 똘스또이의 분신이자 곧이어 창조될 〈이반 일리치〉의 분신이기도 하다. 주인공의 어린 시절은 이를테면 〈정상〉이었다. 폭력을 보게 되면 남달리 고통스러워한 것이 유일하게 특별한 점이었다. 그런 그가 〈광인〉이 되기까지의 사연을 기록한 것이 이 소설이다. 여기서 한 가지 주의할 것은 〈광인〉이라는 것은 어디까지나 보통 사람들의 눈에 비친 그의 상태일 뿐 의학적인 소견은 아니라는 사실이다.

그는 청소년 시절을 평범하게 보냈다. 〈다른 애들처럼 나도 기름진 음식을 배가 터지도록 먹고 육체노동은 조금도 하지 않아 속속들이 약골이 되어 갔다. 주변은 정욕을 자극하는 갖은 유혹들로 가득했으며, 나는 내 또래의 불량 청소년들이 가르쳐 준 비행에 푹 빠져 살았다. 시간이 흐르자 비행은 곧 또 다른 비행으로 이어졌다. 여자를 알기 시작했고, 그렇게 쾌락을 찾아 즐기며 서른다섯 살까지 살았다. 나는 아주 건강했으며, 광기의 전조로 여겨질 만한 증상은 아무것도 없었다. 이 20년의 건강한 삶은 그렇게 흘러갔는데, 지금으로서는 기억나는 게 거의 없다. 새삼스럽게 회상한다는 것조차 힘들고 역겹기만 하다.〉

어느 날 그는 똘스또이가 그랬듯이 조건이 좋은 영지

가 매물로 나왔다는 광고를 보고 직접 가서 흥정하기로 결정한다. 뻰자 지방으로 가는 길에 들른 아르자마스라는 작은 마을의 여관방은 천재 작가의 재능 덕분에 공포의 산실로 돌변한다. 〈그 방은 온통 흰색으로 칠해진 사각형의 작은 방이었다. 기억하건대, 이 방이 사각형이라는 바로 그 점 때문에 나는 너무나 고통스러웠다. 방에는 붉은 커튼이 달린 창문이 하나 나 있었다.〉 형이상학적인 공포를 시각화시킨 이 대목에서 1880년대 이후 대문호가 짓밟으려 했던 문학성이 터져 나오는 듯한 느낌이 든다. 주인공은 도저히 잠들 수가 없어 안절부절못하다가 소파에 누운 채 잠깐 눈을 붙인다. 〈눈을 떴을 땐 방 안엔 아무도 없었고 주변은 온통 컴컴했다. 마차에서 그랬던 것처럼 나는 또다시 신경이 곤두선 상태가 되었다. 다시 잠드는 건 절대로 불가능할 것 같았다. 나는 왜 여기에 왔을까. 나는 어디로 가고 있는 걸까. 뭐가 그토록 두려워 도망치려 하는 걸까. 도대체 어디로 도망치려 하는 걸까. 무언가 끔찍한 것으로부터 도망치고 싶은데, 도망칠 수가 없다.〉

그는 왠지 점점 더 무서워진다. 〈새빨갛고 새하얗고 사각형인 공포〉의 이유를 도무지 알 수 없어 스스로에게 묻는다. 〈무엇이 그토록 두려운 거지?〉 그러자 죽음이 속삭이는 소리가 들려온다. 〈나를 두려워하는 거지.〉〈내가 여기 있거든.〉 그의 광기는 이 순간 시작된다. 〈당시에는 다가오는 죽음이 눈에 보이는 것 같았고 손으로 만질 수 있을 것 같았다. 그러나 동시에 절대로 그것이 와서는 안 된다는 생각이 들었다. 내 전 존재가 나는 살아야 한다고, 그럴 권리가 있다고 외치면서 동시에 점점 더 강렬하게 죽음을 체감하고 있었다. 내면에서 일어나는 바로 이러한 분열이 가장 끔찍했다.〉

소설의 나머지는 죽음의 확실성을 뼈저리게 느낀 주인공이 그럼에도 불구하고 살아야만 하는 이유를 처절하게 탐색하는 과정을 단순화시켜 묘사한다. 〈나는 현재 살아 있고, 과거에도 살았으며, 앞으로도 살아야 한다. 그런데 갑자기 죽음이 찾아와서는 모든 것을 파괴한다. 그렇다면 도대체 왜 살아야 하는가? 죽기 위해서? 그렇다면 당장이라도 죽어야 하나? 두렵다. 죽음이 올 때까지 기다려야 하나? 그건 더 두려운 일이다. 그럼 반드시 살아야만 하는가? 어째서지? 죽기 위해서?〉 나는 이 순환 논리에서 빠져나올 수가 없었다.〉

그는 현실적인 모든 일에서 손을 떼고 책이나 뒤적이며 〈백수〉 생활을 한다. 그리고 혹시나 하는 마음에서 종교를 기웃거리기도 한다. 〈나는 일요일과 축일마다 교회에 나갔고, 뗀자현에 다녀온 이후 하기 시작한 재계와 금식도 지켰다. 물론 대체로 그냥 습관적인 것이긴 했지만 기도도 열심히 했다. 나는 이로부터 어떤 것도 기대하지 않았다.〉

그러던 그는 하나의 사건을 계기로 〈완전히 미친 사람〉으로 변한다. 어느 날 그는 이웃집 사냥꾼과 함께 토끼 사냥에 나선다. 사냥은 그에게 유일하게 남아 있는 취미 활동이다. 멀찍한 곳에서 기척을 느낀 그는 방금 찍힌 듯한 토끼 발자국을 따라 숲속으로 들어간다. 〈발자국은 나를 숲 깊은 곳으로 데려갔다. 그곳에서 토끼를 발견했지만 토끼는 깡충 뛰어오르더니 순식간에 도망가 버렸다.〉 되돌아 나오려던 그는 숲에서 길을 잃는다. 〈우거진 숲을 되돌아 나오려는데, 눈이 너무 깊게 쌓여 있어 스키가 푹푹 빠졌고, 나뭇가지들이 마구 뒤엉켜 있어 어디가 어딘지 분간하기가 갈수록 더 어려워졌다. 눈 때문에 주변이 온통 달라 보여 내가 어디 있는 건지 도통 알 수가 없었다.〉 또다시 대문호의 예술성이 폭포처럼 쏟아져 나오는 대목이다. 그가 잡으려 했던 토끼가 사라지고 그 대신 흰색 숲이 펼쳐진다. 죽음이 슬금슬금 생명을 말소하듯 눈은 존재하는 모든 색채를 다 뒤덮어 흰색으로 만든다. 그의 두 발은 흰색 늪 속에 자꾸만 빠져든다. 사람도 사라지고 언어도 사라진다. 운동도, 소리도, 빛도, 온기도 모두 다 사라진다. 아무것도 없고 오로지 흰색뿐이다. 주인공은 단조롭고 끝없는 흰색 우주에 고립된다. 공간적인 무한은 시간적인 영원으로 전이된다. 그러나 이때의 영원은 영원한 삶이 아니라 영원한 죽음이다.

도망간 토끼와 길 잃고 방황하는 주인공의 모습만 보

면 상당히 우화적인 스토리다. 그러나 똘스또이의 천재성은 러시아에서 그토록 흔한 눈을 가져와 단순한 우화에 형언할 수 없는 장엄함을 더해 준다. 눈이 상징하는 죽음은 살아 있는 모든 것을 소거하는 무자비한 흰색이다. 이제 비로소 여관방의 흰색이 왜 그토록 끔찍했는가가 설명된다. 〈아르자마스와 모스끄바에서 나를 덮쳤던 공포가, 아니 그때보다 백배는 더한 공포가 엄습해 왔다.〉

간신히 길을 찾아 돌아온 주인공은 결국 종교에 귀의한다. 그가 가진 돈을 거지들에게 다 나눠 주고 집으로 돌아가는 것으로 소설은 끝난다. 완성된 소설이 아니므로 주인공의 태도를 똘스또이가 찾은 해결책이라 보기는 어렵다. 특히 그리스도교에 대한 똘스또이의 부정적 생각을 염두에 둔다면 주인공의 태도는 당혹스럽기까지 하다. 어쩌면 똘스또이는 그만큼 죽음의 확실성 앞에서 인간이 할 수 있는 일은 아무것도 없다는 얘기를 하려고 했는지도 모른다. 아니면 나눔과 베풂 같은 도덕적인 행위만이 죽음을 극복하는 유일한 길이라는 것을 내비치고 싶었는지 모른다. 어쩌면 그는 인간으로 하여금 타인을 위해 희생하도록 해주는 것은 그리스도교 신앙이 아니라 죽음에 대한 본능적인 공포라고 주장하고 싶었는지도 모른다.

7. 「이반 일리치의 죽음」

7-1. 죽음의 의식

앞에서 말했듯이, 똘스또이는 『인생에 대하여』, 『인생의 길』 등 일련의 교훈적이고 사상적인 저술에서 〈이성적인 의식〉의 개념을 강조한다. 그에게 의식이란 선을 향한 추구, 각성, 도덕, 윤리 등의 모든 것을 아우르는 개념이다. 의식은 똘스또이가 가까스로 도달한 일종의 결론, 여전히 불투명하지만 그래도 문명과 자연의 대립에서 그가 도달한 하나의 결론이다.

똘스또이가 1886년에 발표한 「이반 일리치의 죽음」은 그 잠정적 결론을 보여 주는 중편이다. 소설의 주된 사건은 상류층에 속한 주인공의 질병과 죽음이다. 문명화된 삶에 내포된 거짓을 의식한 주인공이 삶의 의미를 찾아가는 과정이 서사의 핵심이라 할 수 있다. 주인공의 문명화된 삶에 대립하는 것은 〈자연에 가까운 삶〉이다. 그러나 그것은 외부에 존재하는 어떤 것, 자연, 혹은 자연과 가까운 생활이 아니라 인간 모두의 내면에 있는 선을 되찾는 것이다. 그렇다면 선을 되찾기 위해서 우리는 무엇을 할 것인가?

똘스또이의 답은 〈죽음의 의식〉이다. 죽음을 의식할 때만 우리는 내면의 선을 회복한다. 죽음을 의식할 때만 우리는 삶의 본질이 아닌 것들로부터 눈길을 돌릴 수 있다. 죽음을 의식할 때만 우리는 제대로 된 삶을 살 수 있다. 『인생의 길』에서 똘스또이는 여러 차례 〈죽음을 의식하는 삶〉과 선한 삶의 인과관계를 강조한다.

선행으로 일관된 삶을 살고 싶다면 얼마 안 가서 반드시 죽을 것이라는 것을 되도록 자주 떠올려야 한다. 당신이 죽음을 앞두고 있다는 사실을 생생하게 상상하기만 해도 교활한 행동도, 속임수도, 거짓말도, 비난도, 욕설도, 증오도, 강탈도 할 수 없을 것이다. (……) 죽음보다도, 죽음이 모든 사람을 찾아온다는 사실보다도 확실한 것은 없다. 죽음에 대한 준비는 오직 하나다. 바로 선한 삶을 사는 것이다.

문명화된 삶이 나쁜 이유는 그것이 우리로 하여금 죽음을 의식하는 것을 방해하고, 그리고 그 이유에서 선을 회복하는 것을 방해하기 때문이다. 만년의 똘스또이에게 문명과 자연의 대립은 초기와는 다른 의미를 획득한다. 이제 자연은 외부에 존재하는 자연계라는 의미가 아니라 본질, 본성, 순리라는 의미에서 중요한 것이 된다.

7-2. 우리 모두인 이반

소설의 주인공 이반 일리치는 이름에서부터 저자의 의도를 분명하게 보여 준다. 〈이반〉이란 이름은 러시아에서 가장 흔한 이름이다. 우리 나라로 치면 〈김서방〉정도가 될 것이다. 그러니까 이반은 어느 특정 인물이 아니라 우리 모두처럼 유한한 인간 일반이고 〈이반 일리치의 죽음〉이라는 것은 우리 모두의 죽음이라 해석할 수 있다. 똘스또이는 평생 동안 자기를 사로잡아 온 죽음의 문제를 이제 가장 보편적인 차원에서 펼쳐 보이는 것이다.

이반은 유복한 집안의 차남으로 태어나 법과 대학을 졸업한 후 승진을 거듭하여 판사직에 오른 인물이다. 그는 너무나도 순탄하게 잘 살아왔지만 45세경에 불치병에 걸린다. 불치병에 걸린 시점부터 몇 달 동안 그는 끔찍한 육체적, 정신적 고통에 시달리면서 자신의 일생을 반추한다. 결국 임종의 순간에 그는 깨달음을 얻고 저세상으로 간다. 스토리 자체만으로 보면 대단히 단순한 소설이다.

그런데 이 스토리는 구성의 측면에서 볼 때 상당히 복잡하고 흥미롭다. 소설은 이반의 죽음으로 시작된다. 신문에 이반 일리치의 부고가 실리고 유가족은 추모식을 준비하며 법원 동료들은 문상을 간다. 타인의 시각에서 이반의 죽음이 그려지는 것이다. 그런 다음에는 이반의 삶이 묘사된다. 화자에 의해 전기적 사실 위주로 그의 일생이 묘사되다가 그가 중병에 걸린 시점에서부터는 그의 시각에서 반추가 이루어진다. 이반이 자신의 눈으로 돌이켜 보는 그의 인생, 타인과의 관계, 삶과 죽음의 문제가 그려지다가 마지막에는 이반의 임종 장면이 상세하게 묘사된다. 구성적으로 볼 때 소설은 〈죽음-삶-죽음〉의 구도를 갖는다.

이러한 3중 구도는 겉으로 드러난 삶과 내면의 삶이라는 삶의 이중성에 대한 똘스또이의 의도를 보여 주는 데 매우 효과적이다. 표면적으로 보면, 이반은 잘 살다가 점점 죽음을 향해서 하향 곡선을 그리면서 나아가는 것처럼 여겨진다. 즉, 삶에서 죽음으로 내리막길을 걸어가는 것이다. 그러나 이반이 성찰을 시작하면서, 즉 〈죽음을 의식하기〉 시작하면서 그의 남은 시간은 죽음으로부터 삶을 향해 올라가는 상향 곡선을 그리게 된다. 이반이 살았던 그 삶, 남 보기에는 좋았던 삶, 순탄하고 괜찮았던 그 삶은 사실은 죽음같이 끔찍한 삶, 가장 중요한 것이 빠진 삶이었다. 이반의 성찰이 계속되면 계속될수록 이반은 그 죽음에서 삶을 향해 나아간다. 생물학적으로는 생명체가 죽음을 향해 가지만 정신적으로는 죽음에서 벗어나 삶을 향해 나아가는 것 — 이것이 소설 구성의 본질이다.

7-3. 자리와 액수

제2장의 서두에서 화자는 이반의 삶을 다음과 같은 한 문장으로 표현한다.

이반 일리치의 삶은 지극히 단순하고 평범했으며,

그래서 대단히 끔찍한 것이었다.

이 문장은 진정 명문장이다. 이 한 문장에 이 소설의 모든 것, 똘스또이가 말하고자 했던 모든 것이 담겨 있다. 러시아어 접속사 〈i〉는 〈그리고〉, 〈그래서〉 등 다양한 뜻을 지닌다. 이 문장에서는 앞뒤의 인과관계를 강조하는 〈그래서〉로 읽어야 한다. 이반 일리치의 삶은 대단히 단순하고 순탄하고 평범했다, 〈그러나〉 끔찍했다가 아니라 〈그래서〉 끔찍했다, 이것이 핵심이다. 단순하고 순탄한 것은 좋은 것이어야 한다. 그런데 그것이 끔찍한 것이라면 무언가 잘못된 것이다. 단순하고 평범하고 순탄하고 유복하고 행복하기 때문에 그 삶은 사실상 엄청나게 끔찍한 것이었다라는 역설에 소설의 모든 것이 담겨 있는 것이다. 소설의 후반부에 가서야 비로소 이 역설의 의미가 밝혀진다.

앞에서도 언급했듯이 이반은 평범한 인간, 우리 모두이다. 그의 삶은 교양 있고 유복하고 행복한 삶, 한마디로 〈문명화된 삶〉이었다. 문명화된 세계에서 이반의 삶과 죽음은 근본적으로 자리와 액수로 설명된다. 이반 자체, 살아 있는 인간, 생명을 가진 인간으로서의 이반은 존재하지 않는다. 이반의 사망 소식이 알려지자 가족과 주변 사람들이 보이는 반응을 설명하는 제1장에서 〈자리 *mesto*〉라는 단어는 도저히 가볍게 넘어가지 못할 정도로 여러 번 언급된다.

이반 일리치는 이곳에 모인 사람들의 동료로, 모두
가 그를 좋아했다. 그는 벌써 몇 주 전부터 병상에 누
워 있었다. 불치병이라고들 했다. 그동안 이반 일리치
의 **자리**는 공석으로 유지되고 있었지만, 그가 사망할
경우 알렉세예프가 그 **자리**를 차지하고, 알렉세예프의
자리는 빈니꼬프나 시따벨이 차지하게 될 것이라는 소
문이 나돌고 있었다. 그런 까닭에 셰베끄의 집무실에
모여 있던 신사들이 이반 일리치의 부고를 전해 듣자
마자 가장 먼저 떠올린 생각은 이 죽음이 자신과 지인
들의 인사이동이나 승진에 어떤 영향을 미칠지에 관
한 것이었다.

〈자리〉는 특정 액수의 돈과 함께 언급된다.

〈음, 이제 내가 시따벨이나 빈니꼬프의 자리로 가겠
군.〉 표도르 바실리예비치는 생각했다. 〈오래전부터
내 자리로 내정되어 있었으니까. 이번 승진으로 연봉
이 한 8백 루블 정도 오르고 새 사무실도 나오겠지.〉

대학 졸업 후 약 20여 년간의 이반 일리치의 삶 역시
일련의 자리로 설명된다. 그는 법대를 졸업한 후 지방 모

처에서 〈자리〉를 얻었고 몇 년 후에는 판사 〈자리〉 제안을 받아 새로운 〈자리〉로 이동했으며, 또 얼마간의 세월이 흐르자 더 좋은 〈자리〉를 기대했고 자신이 기대했던 〈자리〉를 다른 누군가가 차지하자 좌절했다. 이 시점에서 그의 목표는 5천 루블의 수입이 보장되는 자리를 물색하는 것이었다. 누군가가 자리를 남기고 다른 자리로 떠나자 다시 누군가가 그 자리를 차지했고 결국 그 덕분에 이반 일리치는 법무부에서 확실한 자리를 얻게 되었다. 그는 5천 루블의 봉급에 3천5백 루블의 이사비까지 받게 되었다. 이 유리한 자리의 획득은 그의 삶 전체를 바꾸어 놓았다. 그는 훌륭한 저택(생활의 자리)으로 이사했고 권태기에 들어갔던 아내와의 관계도 회복했다.

이렇게 자리에 의해 존재감이 증명되는 이반은 죽어서도 자리로 그 가치가 입증된다. 그는 마지막으로 〈공동묘지에 있는 자리〉, 즉 묏자리로 가야 하고 그 자리 역시 액수로 결정된다. 미망인이 문상 온 동료와 이야기를 나누는 대목에서 집사인 소꼴로프가 묏자리에 관해 그녀에게 보고한다.

그는 쁘라스꼬비야 표도로브나에게 그녀가 점찍어 둔 묏자리를 사려면 2백 루블이 든다고 보고했다. 홀쩍임을 멈춘 그녀는 희생양이 된 표정으로 뾰뜨르 이바노비치를 바라보더니 프랑스어로 너무 힘들다고 말했다. (……) 그녀는 관대하면서도 낙심한 듯한 목소리로 말한 뒤 소꼴로프와 묏자리 가격을 의논하기 시작했다. 담배를 피우는 뾰뜨르 이바노비치의 귀에 땅값에 대해 이것저것 신중히 따져 묻고는 그중에서 제일 적당한 것으로 고르는 미망인의 목소리가 들려왔다.

한 인간이 세상에 나서 살다가 죽었는데 그와 관련된 중요한 것, 남은 것이라고는 액수로 평가되는 〈자리〉밖에 없다. 그리고 아무도 그 사실을 이상하게 생각하지 않고 당연하고 자연스럽게 생각한다. 똘스또이가 〈고발〉하는 것은 생명에 대해, 삶의 존엄에 대해 자리가 갖는 그 상대성이다. 자리와 액수는 우리가 전통적으로 인간의 가치라 생각해 온 사랑, 우정, 공감, 연민을 밟고 들어서서 그 자체가 가치가 되어 버린다. 이게 똘스또이가 생각한 문명화된 삶의 정체성이다.

7-4. 죽음으로부터의 도피

똘스또이에게 삶의 모든 문제와 모순과 부도덕은 죽음의 회피에서 비롯된다. 인간이 죽음을 의식할 때만 타자와의 관계가 가능해지고 세계를 존재하는 그대로 경험할 수 있다. 우리가 죽음을 의식할 때만 삶의 그 모든 다채로움과 아름다움과 풍요가 드러난다. 죽음의 의식이란 곧 필멸에 대한 자각이다. 오로지 필멸에 대한 자각만이 도덕적이고 영성적인 문제들을 제기한다. 이것을 무시한다면 우리는 결코 삶의 의미를 알 수 없다.

문명화된 삶은 죽음을 거부한다. 최고의 안락함, 편안함을 확보하고 고통을 회피하는 것이 삶의 목표가 되는 사회에는 고통, 그리고 고통의 정점인 죽음이 들어설 자리가 없다. 그래서 모든 가치가 전도된다. 인간은 죽음의 의식을 공유할 때 결속한다. 즉, 죽음의 의식을 공유할 수 없을 때, 죽음을 끝까지 회피하고 거부할 때, 결속은 불가능하다. 모두가 타자의 고통을 회피하려 할 때 진정한 소통도, 사랑도, 연민도, 인간적인 접촉도 불가능하다. 아니 관계라는 것 자체가 불가능하다. 이반 일리치가 겪는 고통은 바로 거기서 불거져 나온 것이다.

이반의 병과 관련하여 그 누구도 고통과 죽음을 직시하려 하지 않는다. 죽음은 금지된 단어다. 이반이 자신의 병이 어느 정도 위중한가를 묻자 의사는 답을 회피한다. 생사의 문제는 그에게 부적절한 질문이다. 〈의사는 그런 부적절한 질문은 무시했다. 의사의 입장에서 그 질문은 무의미할 뿐만 아니라, 논의할 가치도 없는 것이었다. 중요한 것은 오로지 그것이 신하수증인지, 만성 카타르인지, 아니면 만성 맹장염인지를 파악하는 일이었다.〉

죽음의 회피는 가족과 동료들의 태도에서 극명하게 드러난다. 이반 일리치가 병에 걸린 이후 가장 고통스러워하는 것은 주위 사람들의 연민의 부재이다. 〈거짓말 외에, 아니 거짓말 때문에, 이반 일리치를 고통스럽게 했던 또 한 가지는 그 누구도 그가 바라는 만큼 그를 가엾게 여겨 주지 않는다는 사실이었다.〉

죽음의 의식을 거부하는 사회에서 이는 당연한 결과이다. 그들은 그의 고통을 알고 싶어 하지도 않고 그의 고통에 공감하고 싶어 하지도 않는다. 그들은 가급적 고통으로부터 멀리 도망치고 싶어 한다. 문명이 가르치는 것은 사회적인 규범, 예절, 개인의 이익 등 모두 표면적인 것들이다. 그것을 학습하고 난 뒤 인간이 자신의 동료 인간에게 보여 주는 것은 바로 그 예절뿐이다. 그의 가족과 동료들은 그에게 위장된 연민과 동정과 사랑, 그리고 예의 바른 관심만을 보인다. 그들은 그의 고통을 무시하고 축소한다. 그리고 그것마저 잘 안 되자 그를 비난한다. 그가 약을 잘 안 먹어서, 잘 안 쉬어서, 의사의 말을 잘 안 들어서 병이 낫지 않는다는 것이다.

그들은 모두 그의 고통이나 죽음과 상관없이 살고 싶어 한다. 그의 고통과 죽음이 자기들의 삶으로 침범해 들어오자 그들은 분노하고 그를 미워한다. 〈남편의 끔찍한 성격 때문에 자신이 불행하게 되었다고 생각하자 그녀는 스스로가 불쌍해지기 시작했다. 자기가 불쌍하다는 생각이 들면 들수록 남편이 미워졌다.〉 딸도 자신의 정상적인 삶을 방해하는 아빠를 미워한다. 〈도대체 우리가 뭘 잘못했다고 저러시는 거예요?〉 이반은 이반대로 그런 식의 태도를 보이는 가족이 증오스러워 견딜 수가 없다. 이렇게 이반의 가족은 증오로 똘똘 뭉친, 증오의 연대를 결성한다.

똘스또이는 소외도 죽음의 문제와 연관된다고 보았다. 죽음을 회피할 때 개인은 흩어진다. 공감도 연민도 불가능한 상태이므로 개인은 각자 자신만의 삶을 위해 투쟁해야 한다. 이반이 병에 걸린 후 가장 힘들어하는 것도 고독이다. 〈소파 등받이에 고개를 처박고 누워 지내는 요즘 이반 일리치는 고독과 함께 살았다. 그것은 수많은 사람들이 우글대는 도시 한가운데에서 느끼는 고독이었고, 지인들과 가족들이 북적대는 곳에서 느끼는 고독이었다. 바닷속 저 깊은 곳에서도, 땅 밑 저 아래에서도 결코 찾아 볼 수 없는 절대 고독이었다. 이반 일리치는 이 끔찍한 고독을 오로지 과거의 상념에만 의지해서 견뎌 냈다.〉 이렇게 모든 사람이 증오와 소외의 거대한 순환 고리 속에 갇혀 버둥거린다. 그러나 그들의 관계는 이반의 병으로 인해 새로 생겨난 관계가 아니다. 이반의 병을 계기로 그들 간의 억눌렸던 진짜 관계가 위선의 수면 위로 솟아오른 것이다.

7-5. 죽음의 직시

이반을 고통스럽게 하는 주변 사람들의 위선적이고 비인간적인 태도는 사실상 모두 이반이 그동안 타인들에게 취해 왔던 태도를 그대로 반영한다. 그러나 이반은 질병으로 인해 죽음을 직시하게 되고 이것이 그의 남아 있는 시간을 그들과는 전혀 다른 방향으로 흘러가게 한다.

그는 자신이 죽어 가고 있다는 것을 마음속 깊이 알고 있었다. 그러나 이를 사실로 받아들이지 못했고 또 이해할 수도 없었다. 〈그가 키제베터 논리학에서 배운 삼단논법, 즉《카이사르는 사람이다, 사람은 죽는다, 그러므로 카이사르도 죽는다》는 카이사르에게나 해당되는 것이지 자신에게는 절대로 해당될 리 없다고 생각하며 평생을 살아왔다.〉〈그는 죽음에 대해 잊어버릴 수 있도록 자신을 지켜 주던 지난날의 사고방식으로 돌아가고자 했다. 그런데 이상하게도, 한때 죽음에 대한 생각으로부터 그를 보호해 주고 감싸 주고 지켜 주던 예전의 모든 생각들이 이제는 더 이상 효과가 없었다.〉

병이 깊어지면서 그는 죽음의 의식을 더 이상 거부하지 못한다. 이반은 이제 자신의 가장 큰 문제는 죽음임을 스스로에게 털어놓는다. 〈이건 맹장 문제도 아니고 신장 문제도 아니야. 이건 삶, 그리고⋯⋯ 죽음의 문제야. (⋯⋯) 그래. 뭣 하러 나를 속여?〉 죽음을 직시하자 그는 더 이상 자신을 속일 필요가 없다. 그러므로 타인을 속일 필요도 없다. 성찰은 여기서 출발한다.

7-6. 가짜 기쁨

죽음을 직시하게 된 이반은 비로소 새로운 눈으로, 자신만의 눈으로 지난 생을, 〈기뻤던 생〉을 돌이켜 본다. 그러자 이 기쁨들의 〈본색〉이 드러난다. 축적과 편리가 행복의 척도가 되는 사회 구조 속에서는 자리와 액수의 기대감이 충족되는 데서 오는 만족감이 기쁨으로 인식된다. 이반이 병에 걸리기 전에 경험한 기쁨은 모두 이 범주에 속한다.

공무를 수행하며 느끼는 기쁨은 자존심이 충족되는 데서 오는 기쁨이었고 사교 활동을 하며 느끼는 기쁨은 허영심이 충족되는 데서 오는 기쁨이었다. 그러나 이반 일리치의 진짜 기쁨은 빈트 게임이었다. (……) 머리를 써가며 신중하게(패가 허락하는 한) 게임을 한 뒤 요기를 하고 와인을 마시는 것이야말로 진정한 행복이라고 그는 털어놓곤 했다.

그러나 이제 이반의 눈에 그것들은 부질없고 추악한 것으로 비춰진다. 〈마지막 목적지가 현재의 자기 자신인 회상 여행이 시작되자마자, 당시엔 기쁨으로 여겨지던 것들이 모두 그의 눈앞에서 녹아내려 부질없는 것으로, 그중 몇몇은 추악한 것으로 변해 버렸다.〉 이것들은 죽음을 덮어 주고, 죽음의 공포를 가리고, 죽음의 의식을 지

연시키는 진통제에 불과하기 때문에 죽음의 의식이 불가
피한 상황에서는 더 이상 작동하지 않는다.

이 거짓 기쁨은 그의 사망 소식을 듣고 그의 동료들이
느끼는 모종의 기쁨에서 복제된다. 동료들은 이반이 살
아생전에 그러했듯이 자리 이동과 승진에 대한 생각으로
기뻐한다. 동료들은 또한 이반 일리치가 살아생전에 그
러했듯이 빨리 문상을 끝내고 식사를 하고 브리지 게임
을 할 생각으로 기뻐한다. 그들의 기쁨을 똘스또이는 이
렇게 기술한다.

동료의 죽음이 사람들의 머릿속에 불러일으킨 것은
그로 인해 가능해진 자리 이동이나 직위 변경에 대한
생각만은 아니었다. 사람들은 가까운 지인의 사망 소
식을 접하면 으레 그렇듯이 죽은 것은 자기가 아닌 그
사람이라는 데서 **모종의 기쁨**을 느꼈다.

이 기쁨은 생의 기쁨이 아니다. 운 좋게, 가까스로, 죽
음을 피해 간 것에 대한 기쁨, 죽음으로부터의 도피에서
오는 기쁨이다. 그래서 그것은 심지어 기쁨조차 아니고
그냥 〈모종의 기쁨〉인 것이다. 원문에서는 이 점을 더욱
강조하기 위해 〈기쁨의 느낌〉이라는 표현이 사용되고 있
다. 병이 깊어지면서 그동안 〈기쁨의 느낌〉을 가능하게
해주었던 모든 것들이 작동을 멈추자 그는 자신의 삶을

정면으로 바라보는 일밖에 할 수 없다. 고통스럽지만 불가피한 일이다.

그는 똑바로 누워 지나간 삶의 모든 것을 완전히 새로운 각도에서 되짚어 보기 시작했다. 그리고 다음 날 아침, 하인에 이어 아내와 딸, 그리고 의사가 차례로 보여 준 행동과 말은 모두 간밤에 그가 깨달은 무서운 진실이 사실임을 확인시켜 주었다. 그는 그들에게서 자기 자신을 보았고, 자기 자신의 삶의 방식을 보았다. 그리하여 자신이 살아온 삶 전체가 〈그게 아닌 것〉이었다는 사실을, 모든 게 삶과 죽음의 문제를 가려 버리는 거대하고 무서운 기만이었다는 사실을 분명히 깨달았다. 이러한 깨달음은 그의 육체적 고통을 열 배는 가중시켰다.

그토록 평탄하고 순조로웠던 그의 일생이 왜 그토록 끔찍한 삶이었는가가 비로소 밝혀지기 시작한다. 그것은 거대한 기만이었다. 자신의 삶도 기만이었고 타인의 삶도 기만이었다. 그들은 모두 공범자들이었다. 이반은 절규한다. 〈그게 아니야. 네가 살면서 추구해 온 모든 게 거짓이고 기만이야. 네 눈을 가려 삶과 죽음을 못 보게 한 거야.〉

7-7. 필멸에 대한 공감

이 거짓된 삶의 반대편에 있는 삶을 보여 주는 것은 하인 게라심이다. 그는 이반의 배설물을 버리기 위해 간병인 자격으로 투입된 인물로, 깨끗하게 옷을 입은 건강하고 활기차고 명랑한 농부다. 게라심은 두 가지 점에서 문명화된 삶의 대척점에 서 있다. 첫째, 그는 이반의 동료들처럼 죽음을 모면하는 데서 오는 기쁨이 아닌, 생명의 기쁨을 만끽한다. 그것은 자리와 멋진 집과 맛있는 음식과 브리지 게임과 허영심의 충족에서 오는 기쁨이 아니라 살아 있음에서 오는 기쁨이다. 소설 전체를 통해 유일하게 그는 진짜 기쁨, 〈찬란한 삶의 기쁨〉을 향유한다. 〈젊고 씩씩하고 선량하고 순박한〉 그는 환자에게 모욕을 줄까 봐 그 기쁨을 애써 억누른다. 그런데 신기하게도 이반 일리치는 다른 건강한 사람들 — 동료, 아내 등등 — 을 보면서 느꼈던 분노와 증오와 슬픔과 모욕감을 느끼는 대신 게라심의 건강, 힘, 활력을 보면서는 평온함을 느낀다. 게라심의 기쁨은 거짓 기쁨이 아니라 누구에게나 본질적으로 있는 기쁨, 내면에 있는 기쁨, 인간이라면 누구나 다 가지고 있는 그 본질적인 기쁨이기 때문이다.

둘째, 게라심은 이반이 그토록 받고 싶어 했던 연민을 줄 수 있다.

오랜 기간 고통스럽게 병마와 씨름하면서 이반 일

리치는 사실대로 고백하는 것이 부끄럽기는 해도 누군가가 자신을 병든 어린아이 대하듯 마냥 불쌍히 여겨 주기를 그 무엇보다 간절히 소망했다. 아이를 달래며 보살피듯 다독여 주고 입을 맞춰 주고 자기를 위해 울어 주기를 바랐다. 수염이 하얗게 세어 가는 나이의 권위 있는 판사에게 그렇게 해줄 수 없다는 것쯤은 그도 알고 있었다. 그럼에도 그는 여전히 누군가가 그렇게 해주기를 바라고 있었다.

게라심은 배운 것 없는 농부이지만 이반이 원하는 바로 그것, 〈어린아이 대하듯 마냥 불쌍히 여겨 주는 것〉을 실행한다. 그 이유는 오로지 하나, 죽음을 회피하지 않기 때문이다. 이반이 그에게 일이 힘들지 않느냐고 묻자 그는 이렇게 답한다. 〈우리는 언젠가 다 죽습니다요. 그러니 수고 좀 못 할 이유가 없지 않겠습니까?〉 죽음을 이해하고 수용하는 게라심은 거짓을 말하지 않고 또 그렇기 때문에 이반과 그 사이에는 신뢰가 조성된다. 필멸의 인간들이 서로에게 느끼는 연민 덕분에 게라심은 다른 사람들은 까다롭다고 생각하는 환자의 요구를 〈힘든 내색 없이 기꺼이, 편안하고 순박하게〉 들어준다. 그래서 그는 게라심과 있을 때만 마음이 편하다. 게라심의 태도는 똘스또이가 생각했던 가장 이상적인 태도라 할 수 있다. 게라심은 죽음을 기피할 대상으로 보는 것도 아니고 그렇다고 쌍수를 들어 환영하는 것도 아니다. 그는 건강하게 삶을 살아가기 때문에 죽음을 삶의 일부로 바라볼 수 있는 것이다.

7-8. 〈그게 아닌 것〉

죽음의 의식은 그를 삶의 의미에 대한 고통스러운 추구로 몰고 간다. 죽음이 가까워질수록 그는 모든 문제는 자신에게 있음을 깨닫는다. 그는 자신이 살아온 삶이 잘못되었던 게 아닐까 하고 의심해 보지만 그걸 인정하기란 쉽지 않다. 〈나는 뭐든지 다 제대로 했는데 어떻게 잘못 살았을 수가 있어?〉

그는 도저히 자신의 삶이 옳지 않았음을 인정할 수가 없어서 스스로를 합리화시키며 그 생각을 떨쳐 버린다. 그러나 시간이 지나면 지날수록 인생 전부가 〈그게 아닌 것〉이라는 생각이 더욱 강하게 그에게 들러붙는다. 이반의 최후는 의심과 합리화 사이의 끈질긴 투쟁 때문에 더욱더 고통스러운 것으로 변해 간다.

마침내 그는 자신의 삶이 옳지 않았음을 인정한다.

「그래, 모든 게 그게 아니었어.」 그는 생각했다. 「그렇지만 괜찮아. 할 수 있어, 〈그것〉을 하면 되는 거야. 그런데 〈그것〉이 대체 뭐지?」 그는 스스로에게 묻다가 갑자기 입을 다물었다.

그렇다. 삶은 〈그게 아닌 것*ne to*〉이었다. 그렇다면 〈그것〉이 과연 무엇인가. 만일 우리가 〈그것〉을 할 수 있다면 삶이 의미 있게 되는 바로 〈그것〉은 무엇인가. 수십 년 동안 거장이 추구했던 것을 완성시켜 주는 〈그것〉은 무엇인가.

7-9. 〈그것〉

이반은 마지막 순간에 〈그것〉을 체득한다. 자칫 멜로드라마적일 수 있는 임종 장면은 똘스또이의 문학적 재능이 부여한 어떤 엄정함 덕분에 의미심장한 인지의 순간으로 전이된다. 질병과 고통이 그에게 선사한 죽음의 의식은 마침내 삶의 의식으로 마무리된다.

이반은 항상 중학생 아들을 가엾이 여겼다. 그의 시선에 담긴 안쓰러운 마음을 읽었기 때문이다. 그의 생각에 이 세상에서 게라심을 빼고는 아들 바샤만이 유일하게 자신을 이해하고 동정하는 것 같았다. 마지막 순간에 이반은 그 아들을 통해 〈그것〉에 대한 답을 얻는다.

중학생 아들이 조용히 방문을 열고 아버지의 침대 곁으로 다가왔다. 죽어 가던 이반 일리치는 절망적으로 울부짖으며 필사적으로 두 팔을 내젓고 있었다. 그의 손이 소년의 머리에 부딪혔다. 소년은 아버지의 손을 잡아 자신의 입술에 대고 울음을 터뜨렸다.

아들의 눈물을 계기로 이어지는 일련의 상황이야말로 똘스또이의 메시지의 절정이라 할 수 있다. 어린 아들이 진심으로 자신을 불쌍히 여긴다는 것을 알게 된 시점부터 이반은 세계를 다르게 경험한다. 그는 이기적이고 표피적인 삶, 피상적이고 의례적인 삶에서 타인을 위한 삶, 자신을 내어 주는 삶으로 건너간다.

바로 이 순간 이반 일리치는 나락으로 굴러떨어져 빛을 **보았다**. 그는 지금까지 자신이 살아온 인생이 그래서는 안 되는 삶이었지만 아직 그것을 바로잡을 수 있으며 바로잡아야만 한다는 사실을 깨달았다. 〈그것〉이 도대체 뭐지? 그는 스스로에게 질문을 던지고는 조용히 입을 다문 채 **귀를 기울였다**. 그때 누군가가 자신의 손에 입을 맞추는 것이 **느껴졌다**. 눈을 뜨자 아들이 **보였다**. 아들이 **불쌍했다**.

이 대목에서 똘스또이가 사용하는 동사, 즉 보다, 듣다, 느끼다는 모두 감각과 관련된 동사이지만 그것들은 궁극적으로 윤리적인 각성으로 이어진다. 진정으로 본다는 것은 똘스또이에게 깊이 안다는 것이다. 그리고 깊이 안다는 것은 근본적으로 윤리적인 행위다. 바라봄의 윤리적 의미는 아내와의 대면에서 극대화된다.

아내가 곁으로 다가왔다. 그는 아내를 바라보았다. 아내는 입을 헤벌린 채 절망적인 표정으로 그를 보고 있었다. 눈물이 그녀의 코와 뺨을 타고 주룩주룩 흘러내렸다. 아내도 안쓰러웠다.

그는 평생 동안 단 한 번도 진심으로 바라본 적 없는 아내를 마지막으로, 진심으로 본다. 아내도 그를 본다. 그러자 비로소 그의 눈에는 무언가 보이기 시작한다. 그는 아내의 얼굴에서 연민을 보고 그것을 본 그의 내부에서는 아내를 향한 연민이 생긴다. 그는 가족들에게 몹쓸 짓을 했다는 생각을 하고 눈빛으로나마 미안하다는 말을 전한다. 시선의 교환이 연민의 교감으로 전이되고 연민의 교감은 최종적인 화해, 즉 주변 사람들과의 회해, 세계와의 화해, 그리고 마지막으로 자기 자신과의 화해로 이어진다. 결국 그가 그토록 알고 싶었던 〈그것〉은 연민, 화해, 용서, 그리고 그 모든 것을 다 포괄하는 사랑이었다.

7-10. 〈죽음은 끝났다〉

마지막 대목에서 드러나는 똘스또이의 천재성은 그 무슨 말로도 다 표현하기 어렵다. 앞에서도 말했지만 이반의 임종은 한 인간이 마지막 순간에 세상과 화해를 하고 떠난다는 설정 자체만으로도 충분히 멜로드라마적일 수 있음에도 불구하고 멜로드라마적이지 않다. 똘스또이의 문학적인 위력은 거의 무덤덤하다는 느낌을 줄 정도로 담백하고 평범한 언어에서 폭포처럼 솟구쳐 나온다.

이반이 겪는 심리적인 과정은 문자 그대로 단순하고 소박하다. 그는 아들의 눈물을 보았고 아들의 손길을 느꼈고 아내의 절망을 보았고 그들을 용서했고 그들에게 용서를 청했다. 이게 다다. 그는 해방된다.

그러자 갑자기 모든 것이 명확해졌다. 이제까지 그를 괴롭히면서 마음속에 갇혀 있던 것들이 일순간 두 방향, 열 방향, 모든 방향에서 쏟아져 나왔다. 저들이 불쌍해. 저들이 더 고통받지 않게 해주어야 해. 저들을 해방시켜 주고 나 자신도 이 고통에서 해방되어야 해. 〈얼마나 좋아, 얼마나 단순해.〉 그는 이렇게 생각했다.

여기서 핵심은 〈얼마나 좋아, 얼마나 단순해〉이다. 이 〈얼마나 좋아〉와 〈얼마나 단순해〉는 사실상 삶에 대한 모든 것이다. 보고, 만지고, 느끼고, 아파해 주고, 용서하는 것, 이것이 뭐가 그토록 어렵고 복잡해서 못 한단 말인가. 그것만 할 수 있으면 모든 것이 이토록 좋은데. 결국 그는 인간의 내면에 있지만 상실되었던 〈그것〉, 본성이자 선이자 자연이자 순리인 〈그것〉을 찾았고 그것을 찾자 모든 것이 해결된 것이다. 〈얼마나 좋아〉와 〈얼마나 단순해〉는 그 자체가 자연스러운 것이다. 발음하는 것조차 너무나 자연스러운 그 말을 통해 말과 내용은 하나가 된다.

단순하고 좋은 〈그것〉은 앞에 나왔던 이반의 삶을 즉각적으로 상기시킨다. 〈단순하고 평범하지만 끔찍한 삶〉에서 나왔던 그 단어 〈단순한〉이 이반의 죽음 앞에서 다시 나오면서 이번에는 〈좋은〉 것을 의미한다. 이것 하나만으로도 똘스또이의 메시지는 충분히 전달된다. 이반이 살아생전에 그토록 집착했던 가치가 전복되고 언어도 전복되면서 본래의 가치, 그리고 본래의 언어가 가지고 있던 그 〈좋은 단순함〉이 복구된다.

소설은 철학서나 자기 계발서와는 근본적으로 다른 텍스트다. 마지막 장면을 인과율이나 논리로써 설명하는 것은 무의미하다. 혹자는 주인공이 마지막 순간에 돈과 명예는 소용이 없다는 것을, 공감과 연민이 중요함을 깨닫는 것이라 이해할지도 모른다. 그러나 똘스또이의 의도가 과연 그것일까? 그가 과연 연민의 중요함을 전하려고 소설을 썼을까? 〈죽어 가는 사람이 마지막 순간에 깨달음을 얻는다는 게 무슨 소용인가? 산 사람은 여전히 돈과 명예만을 좇으며 사는데〉라고 반문할 수도 있다. 아니면 〈이반 일리치의 깨달음이 무척 훌륭한 것이긴 하지만 그것을 얻기 위해 질병과 고통을 겪어야 한단 말인가〉라고 반문할 수도 있다. 이 모든 것은 일리가 있지만 핵심이 아니다.

똘스또이의 의도는 그런 것을 독자에게 전달하는 데 있는 것이 아니다. 마지막 장면을 더 읽어 보자.

죽음은 어디 있지? 무슨 죽음? 두려움은 이제 없었다. 죽음이란 것이 없었기 때문이다.

죽음이 있던 자리에 빛이 있었다.

「그래, 이거야!」 그는 갑자기 큰 소리로 외쳤다. 「이렇게 기쁠 수가!」

이 모든 것들은 한순간에 일어났고 그 순간의 의미는 이후 결코 바뀌지 않았다.

(……)

「끝났습니다!」 누군가가 그를 굽어보며 말했다.

이 말을 들은 이반 일리치는 마음속으로 되뇌었다. 〈죽음은 끝났어.〉 그는 스스로에게 말했다. 〈더 이상 죽음은 없어.〉

그는 숨을 크게 들이마시다가 도중에 멈추더니 온몸을 쭉 뻗었다. 그렇게 그는 죽었다.

이반의 일생은, 즉 인간의 일생은 삶과의 사투이자 죽음과의 사투이기도 하다. 이반의 생물학적인 존재가 끝나는 것은 생명의 끝이기도 하지만 죽음의 끝이기도 하다. 똘스또이는 종교적인 영혼 불멸의 관념에 전혀 의존하지 않으면서도 죽음이 끝이 아님을 이야기한다. 죽음이 생을 끝내는 것이 아니라 자연이, 그리고 인간의 본성 속에 자리 잡은 선이 죽음을 끝낸다. 〈끝난 죽음〉은 시간의 흐름을 벗어난다. 예술가로서의 똘스또이의 힘은 그가 초월, 신비, 영원이라는 단어를 전혀 사용하지 않으면서 초월성을 이야기한다는 데서 다시 한번 확인된다. 이반의 삶도 죽음도 인과율이나 시간의 순차적 흐름을 따르지 않는다. 만일 그랬더라면 소설은 이반의 삶이 나쁜 삶이어서 그가 병에 걸려 고생하다가 개과천선하여 평화로이 죽음을 맞는다는 우화로 읽혔을 것이다. 위에서 인용했던 대목을 다시 보자.

「이렇게 기쁠 수가!」
이 모든 것들은 한순간에 일어났고 그 순간의 의미는 이후 결코 바뀌지 않았다.

이 기쁨은 어느 연구자의 지적처럼 죽음으로부터의 도피에서 오는 기쁨이 아니라 죽음으로 향한 자유에서 오는 기쁨이다. 이반이 투병 생활 중에 돌이켜 보았던 그 모든 가짜 기쁨들, 유족들과 동료들이 복제하는 〈기쁨의 느낌〉들, 그런 것들이 아닌 진짜 기쁨 — 이것이 삶이다. 그것을 알아차리는 데 필요한 시간은 한순간이 될 수도 있고 영원이 될 수도 있다. 그것을 알아차리는 시점은 청춘 시절일 수도 있고 눈 감기 직전일 수도 있다. 중요한 것은 그게 아니다. 중요한 것은 그 기쁨은 시간을 초월하고 시간을 초월하는 것은 변치 않는다는 사실이다. 이반 일리치는 도덕적이고 영성적인 모종의 고상한 변모 속에서 죽는 것이 아니다. 그는 순리로 돌아가는 것이다. 소설의 마지막 대목에는 그 무엇으로도 훼손할 수 없는 불변의 장엄함이 있다. 그 장엄함은 이반 일리치의 심오한 각성이라기보다는 삶과 죽음의, 도덕과 자연의 장엄한 조화에서 오는 것이다.

8. 불멸의 기념비

이반 일리치의 죽음은 끝났다. 그리고 우리는 다시 똘스또이의 무덤으로 돌아왔다. 똘스또이의 무덤은 무언가 최종적인 답을 주기보다는 자꾸만 생각을 불러일으킨다. 똘스또이는 회심 이후 농부 옷을 입고 직접 밭을 갈고 직접 장화를 만들면서 도덕적인 삶을 가르치려 했다. 어떤 연구자는 똘스또이의 그런 태도가 〈지상 낙원으로 가려고 뚫은 비극적인 지름길〉이라 했다. 똘스또이의 행동에서 인생의 답을 얻고자 한 사람은 그렇게 생각할 것이다. 그의 무덤은 같은 의미에서 비극적이다. 그의 농부 옷이 우리에게 낙원을 가져다주지 못했듯이 그의 소박한 무덤은 죽음을 해결해 주지 못한다. 모든 허례와 허식을 거부했다고 해서, 문명을 거부했다고 해서, 죽음까지 거부할 수 있는 것은 아니다.

그러나 그의 무덤이 이반 일리치의 죽음을 상기시킨
다면 얘기가 달라진다. 필자는 그 소박한 무덤을 앞에 두
고 죽음을 향한 거장의 분노를 기억했고, 죽음 속에서 무
언가를 찾으려 했던 그의 인물들을 기억했고, 이반 일리
치의 삶과 고통과 사투를 기억했다. 귓전에서 〈얼마나 좋
아, 얼마나 단순해〉가 후렴처럼 맴돌았다. 이반 일리치가
마지막으로 했던 〈이렇게 기쁠 수가!〉라는 말도 맴돌았
다. 도덕과 자연의 합일이 손에 잡힐 듯 눈앞에 있었다.
똘스또이는 일체의 기념비를 거부했지만 풀만 무성한 봉
분에 거장의 작품이 겹쳐지자 그것은 거대한 기념비가
되어 우뚝 솟아올랐다. 거기 불멸이 있었다.

　　　　　　　　　　　　　　　　　　　　석영중

레프 똘스또이 연보

1828년 출생 8월 28일(신력 9월 9일) 영지 야스나야 뽈랴나에서 아버지 니꼴라이 일리치 백작과 어머니 마리야 니꼴라예브나(결혼 전 성은 볼꼰스까야) 사이의 4남 1녀 중 넷째 아들로 태어남.

1830년 2세 8월 4일 어머니 마리야 니꼴라예브나 사망. 훗날 똘스또이는 어머니에 대해 다음과 같이 기록함. 〈나는 실제 모습이 아닌 정신적인 모습으로만 어머니를 기억할 뿐이지만, 내가 아는 모든 기억은 너무나 아름다운 것이다.〉

1835년 7세 구약의 〈욥기〉와 『천일야화』 이야기를 듣고 큰 감명을 받음.

1837년 9세 1월 10일 똘스또이 가족 모스끄바로 이사. 똘스또이는 모스끄바에서의 생활을 〈텅 빈 소년 시대〉라고 표현함. 혼자서 공상과 회의론에 빠지는 일이 잦아짐. 6월 21일 아버지 니꼴라이 일리치 백작 사망. 똘스또이는 아버지의 갑작스러운 죽음을 인정하지 못하고 한동안 모스끄바 거리에서 아버지를 찾아다님. 아버지의 사망 후 오스쩬사껜 고모와 친척 아주머니 요르골스까야에게 맡겨짐. 신앙심이 깊었던 요르골스까야는 똘스또이에게 큰 영향을 끼침. 훗날 그녀에 대해 다음과 같이 기록함. 〈내 인생에 있어 세 번째로 중요한 사람은 바로 우리가 숙모라 부른 요르골스까야였다.〉

1840년 ¹²세 똘스또이 남매들이 각각 한 부분씩 맡아 글을 써서 이야기를 만드는 〈아이들 놀이〉를 시작함. 똘스또이는 요르골스까야 아주머니로부터 특별한 격려를 받음. 독서를 통해 슬픔과 부정적인 생각을 떨쳐 내기 시작함. 러시아의 전래 동화와 영웅 서사시에 큰 흥미를 느낌.

1844년 ¹⁶세 형제들과 함께 까잔으로 이사. 외교관이 되기로 결심하고 까잔 대학 동양학부에 입학. 뿌시낀의 『예브게니 오네긴』, 레르몬또프의 『현대의 영웅』, 실러의 『도적 떼』, 루소의 『고백록』 등을 탐독함. 똘스또이는 가장 좋아하는 철학자로 루소를 꼽고 다음과 같이 기록함. 〈그가 쓴 글들은 마치 내가 쓴 듯 나의 생각과 일치한다.〉 사교계에 진출하고 무도회와 연회에 드나들기 시작함.

1845년 ¹⁷세 9월 까잔 대학 법학부로 전과. 법학 공부를 통해 사회 구조에서 무언가를 이해할 수 있기를 바랐으나 좌절함. 결국 법학이라는 학문이 이상하거나 혹은 자신에게 이해할 능력이 없는 것이라고 결론지음. 대학 교육 방식에 회의를 느낌.

1847년 ¹⁹세 자신의 결점을 보완하고 능력을 개발하기 위해 일기를 쓰기 시작함. 자퇴서를 내고 학업 중단. 철학, 논리학 및 여타 학문을 스스로 공부하기로 결심하고 그때부터 평생 독학에 매진함. 6개 국어를 공부하기 시작함. 야스나야 뽈랴나로 귀향하여 농민들의 가난과 굶주림을 목격, 그들을 도우려 시도하나 농민들로부터 신뢰를 얻지 못하고 좌절함. 지주로서의 삶에 환멸을 느낌.

1848년 ²⁰세 모스끄바에 잠시 거주하며 방탕한 도시 생활에 빠짐. 인생과 스스로에 대한 불만이 점점 깊어짐.

1849년 ²¹세 뚤라현의 자치 활동에 참여함.

1851년 ²³세 중편소설 「유년 시대Detstvo」 집필. 4월 형 니꼴라이와 함께 까프까스로 떠남. 스따로글랏꼬프스까야 마을에서 자주 생활함. 당시의 심정을 훗날 중편 「까자끄들Kazaki」에 다음과 같이 기술함. 〈과거의 삶을 벗어나 새로운 인생을 시작하고, 행복을 찾기 위해 길을 떠났다. 전쟁과 전쟁의 영광, 그리고 내 안에 살아 있는 힘과 용기! 천연 그대로의 자연! 바로 이곳에 행복이 있다!〉 까프까스에서 지내는 동안 터키어를 배우고 인종학, 민속학, 역사에 관심을 쏟음.

1852년 24세 사관생도 자격시험을 치르고 4급 포병 하사관으로 입대. 자신의 실수 대부분이 지나친 자유로움에서 비롯된 것이라고 생각한 똘스또이는 군인이 되어 자유를 잃게 된 것을 오히려 기뻐하지만, 사람들에게 선을 베풀겠다는 꿈을 실현시킬 구체적인 일이 없다는 사실에 곧 괴로워하게 됨. 산악 민족과의 기습전에 참전, 포탄에 맞아 죽을 뻔함. 문예지 『동시대인 *Sovremennik*』에 「유년 시대」를 투고. 〈L. N.〉이라는 머리글자만 적어 보냈으나 잡지사로부터 〈당신이 문학계를 스쳐 지나가는 사람이 아니라면 실명을 걸고 출판해 볼 것을 권합니다〉라는 내용의 답신을 받음. 10월 「유년 시대」가 검열을 통해 수정되고 〈나의 어린 시절 이야기〉로 제목이 바뀐 채 발표되자 매우 실망함.

1853년 25세 형 니꼴라이 퇴역. 똘스또이도 퇴역하려 했으나 터키와의 전쟁이 일어나면서 좌절됨. 3월 『동시대인』에 단편소설 「습격 Nabeg」 발표. 미래와 자신의 운명에 대해 끊임없이 생각하며 나태함, 초조함, 경솔함, 허세, 무질서, 의지박약을 고쳐 나가는 데 혼신의 노력을 기울이기 시작함.

1854년 26세 1월 두나이 부대로 전근하면서 소위보로 임관함. 10월 『동시대인』에 「소년 시대 Otrochestvo」 발표. 사령부에서 애국심에 불타던 몇몇 장교들과 함께 주간지 『군사 신문』을 발행하기로 함. 하지만 똘스또이가 쓴 기사가 실린 시범 책자가 군 당국을 거쳐 황제에게 보고되면서 잡지 발행은 금지됨. 11월 세바스또뽈로 이동하여 끄림 전쟁에 참전.

1855년 27세 니꼴라이 1세 사망. 『동시대인』에 「세바스또뽈 이야기Sevastopol'skie rasskazy」연작 발표. 이 단편을 본 뚜르게네프는 잡지 발행인에게 다음과 같은 내용의 편지를 씀. 〈세바스또뽈에서 똘스또이가 쓴 글은 그야말로 기적이오! 나는 눈물을 흘리며 그의 글을 읽었다오. 그리고 만세를 외쳤소.〉 9월 『동시대인』에 단편소설 「산림 벌채Rubka lesa」 발표. 똘스또이는 당시 이미 유명해진 〈L. N. T.〉라는 이니셜과 함께 이 작품을 뚜르게네프에게 헌정함. 10월 세바스또뽈 함락. 뚜르게네프로부터 문학 활동에 전념하라는 권고의 편지를 받음. 11월 뻬쩨르부르끄를 방문하여 뚜르게네프를 만나고 호먀꼬프A. S. Khomiakov와 교류. 영원히 퇴역할 것을 결심함. 12월 중편소설 「지주의 아침Utro pomeshchika」 발표. 곤차로프I. A. Goncharov, 뻬셈스끼A. F. Pisemskii, 쮸체프F. I. Tiutchev, 네끄라소프N. A. Nekrasov 등 문인들과 교류. 시인 페뜨A. A. Fet와의 친교가 시작됨.

1856년 28세 3월 퇴역. 오랫동안 떨어져 지낸 대도시에서의 생활에 매료됨. 뻬쩨르부르끄에서 농노 해방에 관한 논의가 이루어지자 내무부 장관에게 농노 문제 해결안을 보냄. 그의 해결안에는 무엇보다도 지주에 대해 농민들이 지고 있는 모든 의무를 면제해 주고 각 농민 가정에 일정한 면적의 토지를 분배해야 한다고 쓰여 있었음.

1857년 29세 1월 『동시대인』 소속의 다른 작가들과 교류. 『동시대인』에 중편소설 「청년 시대Iunost'」 발표. 2~7월 유럽 여행. 프랑스, 스위스, 독일의 명승지를 둘러보는 동안 러시아와 다른 생활상에 흥미를 가졌으며 특히 파리의 자유로움에 매력을 느낌. 그러나 살인과 절도죄로 단두대에서 처형당하는 죄수를 본 후 다음과 같은 기록을 남기고 국가의 법이란 가장 끔찍한 거짓이라는 결론을 내림. 〈단두대를 본 후 잠을 잘 수가 없으며, 자꾸 단두대를 떠올리게 된다.〉

1858년 30세 영지의 농사에 전념하고 뚤라현 귀족 회의에 참여함. 「까자끄들」 집필.

1859년 31세 단편소설「세 죽음Tri smerti」 발표. 평단은 이 이야기의 예술적인 측면을 높이 평가함. 2월 〈러시아어 애호가 협회〉에 가입. 5월 잡지『러시아 통보Russkii vestnik』에 중편소설「가정의 행복Semeinoe schast'e」 투고. 그러나 수정 작업을 거친 발표에 실망하여 당분간 소설 출판을 중단할 것을 고려함. 10월 민중 교육이야말로 계급 간 화해를 이끌어 내는 방법임을 깨닫고 야스나야 뽈랴나에 농민 학교 설립.

1860년 32세 민중 교육에 관한 글을 쓰고 교육용 잡지『야스나야 뽈랴나Iasnaia Poliana』 간행. 9월 형 니꼴라이 사망. 1861년까지 2차 유럽 여행. 볼꼰스끼S. G. Volkonskii, 게르쩬A. I. Gertsen, 프루동P. J. Proudhon과 교류하며, 전제 정권에 대항하여 쿠데타를 일으킨 제까브리스뜨(12월 당원)들에 대해 관심을 갖기 시작함.

1861년 33세 2월 농노 해방 선언문이 발표됨. 이에 똘스또이는 〈농군들은 이것을 보고 이해하지 못할 것이며, 우리는 이 선언문을 믿을 수 없다〉고 말함. 자신의 영지에 속한 농민들에게 그들이 일궈 온 토지를 나누어 줌. 농노 해방으로 인한 지주와 농민 간의 문제를 해결하기 위한 중재자로 임명되어 농민들을 보호하고 지주들과 싸움. 농민을 위한 학교 설립.

1862년 34세 지주들과의 불화로 중재자 자리에서 물러남. 교육 잡지『야스나야 뽈랴나』 간행에 열성을 쏟음. 9월 끄레믈 내부의 성모 탄생 교회에서 소피야 안드레예브나 베르스와 결혼. 그가 소피야에게 청혼한 일은 후에『안나 까레니나Anna Karenina』에서 레빈이 키티에게 고백하는 장면에 반영됨. 결혼 후 안정을 찾은 똘스또이는 다시 글을 쓰고 싶다는 생각을 하고 일기에 다음과 같이 기록함. 〈수많은 생각들이 떠오르며, 이제는 너무나 글을 쓰고 싶다. 나는 엄청난 내적 성장을 한 것 같다.〉 12월에 아내와 함께 모스끄바에 정착함.

1863년 35세 다시 야스나야 뽈랴나로 귀향. 2월『러시아 통보』

에 중편소설 「까자끄들」 발표. 6월 맏아들 세르게이 태어남. 민중의 삶에 대한 관심이 고조되기 시작함. 제까브리스뜨들에 관한 장편소설을 구상하고 자료를 수집함.

1864년 36세 8~9월 작품집 1권 간행. 10월 딸 따찌야나 태어남. 11~12월 훗날 『전쟁과 평화 *Voina i mir*』로 완성될 장편소설 『1805년』 1, 2권 집필.

1865년 37세 1~2월 『러시아 통보』에 『1805년』을 발표함. 작품집 2권 간행.

1866년 38세 5월 둘째 아들 일리야 태어남. 모스끄바에 거주하며 소설을 집필을 위한 자료 수집.

1867년 39세 9월 『전쟁과 평화』의 3, 4권 집필. 보로지노 전투 현장 답사.

1868년 40세 『전쟁과 평화』의 5권 집필. 민중을 위한 문집 『독본 *Azbuka*』 발간 구상.

1869년 41세 『전쟁과 평화』의 6권 집필. 셋째 아들 레프 태어남. 쇼펜하우어와 칸트 숙독. 지방 소도시 아르자마스에서 평생 잊지 못할 죽음의 공포를 체험하고, 이 경험은 후에 단편 「광인의 수기 *Zapiski sumasshedshego*」에 반영됨.

1870년 42세 5월 뚤라 지방 재판소의 출장 배심원을 맡음. 뾰뜨르 1세에 대한 소설 집필 개시. 장편소설 『안나 까레니나』 구상. 고대 그리스어 공부를 시작함. 「여성 문제 *Zhenskii vopros*」라는 제목의 논문을 계기로 사상가 스뜨라호프N. N. Strakhov와 친분을 맺음.

1871년 43세 2월 둘째 딸 마리야 태어남. 사마라현에 토지 구입. 『독본』 첫 발간.

1872년 44세 뾰뜨르 1세 시대에 관한 소설 집필 재개. 11월 「까프까스의 포로Kavkazskii plennik」 등의 작품이 포함된 『독본』 발간. 이해 내내 계층을 불문한 러시아의 모든 아이들을 대상으로 하는 『독본』 발간에 주력함.

1873년 45세 3월 뾰뜨르 1세 시대에 관한 소설을 중단하고 『안나 까레니나』 집필 시작. 사마라현의 기근 농민 지원 단체의 봉사 활동에 참여. 12월 러시아 과학 아카데미 언어·문학 분과 준회원으로 선출됨. 『전쟁과 평화』 초판본을 수정함.

1874년 46세 『안나 까레니나』 집필. 농민 아동 교육에 관한 원고와 문법 교재 집필. 요르골스까야 숙모 사망.

1875년 47세 1월 『러시아 통보』에 『안나 까레니나』 연재 시작. 독자들로부터 큰 반향을 불러일으키고 민주주의 진영에서는 강한 불쾌감을 드러냄. 『새 독본Novaia azbuka』 집필 및 간행.

1876년 48세 러시아-터키 전쟁 발발에 관한 정보를 얻고자 모스끄바 방문. 당시 러시아 사회를 사로잡은 전쟁의 열기가 『안나 까레니나』에 반영됨.

1877년 49세 『안나 까레니나』 탈고. 『러시아 통보』 발행인이 세르비아-터키 전쟁 묘사와 관련한 똘스또이와의 의견 충돌로 인해 『안나 까레니나』의 마지막 8부 수록을 거부함. 8부의 줄거리만 해당 잡지에 요약 발표됨. 12월 넷째 아들 안드레이 태어남.

1878년 50세 직접 수정 작업을 마친 뒤, 마지막 부와 함께 장편소설 『안나 까레니나』 단행본 발표. 제까브리스뜨에 관한 소설 집필 재개. 『나의 인생Moia zhizn'』 집필.

1879년 51세 18세기 역사를 연구하고자 사료 열람 허가를 당국에 요청하지만 거절당함. 제까브리스뜨에 대한 소설 집필 중단. 종교적인 문제에 골몰하며 6월 끼예프 동굴 대수도원 방문. 모스끄바에서 대주교 및 주교와 담화. 10월 성삼위일체-성세르기 수도원 방문. 수도원장과의 면담. 논문 「교회와 국가Tserkov' i gosudarstvo」 집필. 국가에 소속된 교회에 대해 심한 거부감을 느낌. 〈교회는 3세기 이전까지 거짓과 잔혹함, 그리고 기만으로 가득했다〉라고 기록함. 12월 다섯째 아들 미하일 태어남.

1880년 52세 자신의 정신적 변화에 대해서 서술한 『참회록 Ispoved'』 집필. 사복음서 번역 착수. 11권짜리 똘스또이 저작집 네 번째 개정판 출간. 가르신V. M. Garshin, 스따소프V. V. Stasov, 레삔I. E. Repin과 교류. 화가 레삔은 훗날 회상록에서 똘스또이와의 첫 만남을 다음과 같이 기록함. 〈똘스또이는 매우 심취된 어조로 굉장히 많은 말들을 쏟아 냈다. 그의 말에서 엿보이는 열정적이고 급진적인 생각들로 인해 나는 그날 잠들기 전까지 몹시 당황했었다. 진부한 삶의 형식에 대한 똘스또이의 가차 없는 생각들이 하루 종일 머릿속을 빙빙 맴돌았다.〉 똘스또이에게 매료된 레삔은 삽화 「똘스또이와 여인숙의 걸인들」을 그림.

1881년 53세 알렉산드르 2세 사망. 끝이 보이지 않는 보복 테러를 막고자 그를 암살한 혁명가들을 처형하지 말아 달라는 내용의 편지를 새로운 황제 알렉산드르 3세에게 보냈으나 아무런 답변도 얻지 못했을 뿐 아니라 주변인들에게조차 이해받지 못함. 야스나야 뽈랴나에 찾아온 솔로비요프V. S Solov'ev, 페뜨, 뚜르게네프와 교유. 6월에 동료 두 사람과 열흘에 걸쳐 도보로 옵찌나 뿌스띤 수도원 순례. 단편소설 「사람은 무엇으로 사는가Chem liudi zhivy」, 「세 아들Tri syna」 집필. 9월 자녀들의 대학 및 김나지움 진학을 위해 모스끄바로 이사함.

1882년 54세 모스끄바 인구 조사에 참여하여 빈곤하고 타락한 골목을 접하며 참혹한 현실을 깨달음. 이때부터 신랄하고 비판적인 성격의 글을 쓰기 시작하여 이른바 〈금지 작가〉라는 낙인이 찍히지만 동시에 작가, 화가, 음악가, 사상가, 학자 등 수없이 많은 사람들의 조언자이자 조력자가 됨. 화가 게N. N. Ge와 친분을 맺음.

잡지 『러시아 사상*Russkaia mysl'*』에 『참회록』을 발표하고자 하였으나 검열로 인해 출간을 금지당함. 현실 그리스도교에 대해 지극히 비판적인 입장을 견지함. 오늘날 생가 박물관이 된 돌고하모브니체스끼 거리의 주택을 구입함. 성서를 원어로 읽기 위하여 히브리어 공부를 시작함.

1883년 55세 아내에게 모든 재산권을 위임함. 9월 『내 신앙의 근본*V chem moia vera*』 탈고. 검열 위원회는 〈사회와 국가 기관의 근간을 송두리째 흔들고 교회의 가르침을 무너뜨릴 것〉이라는 이유로 이 작품을 〈가장 해로운 책〉으로 상정함. 〈종교적 신념〉에 따라 재판장의 배심원으로 출석할 임무를 거부하여 당국으로부터 강력한 경고를 받음. 뚜르게네프가 생전에 보내는 마지막 편지를 통해 똘스또이에게 문예 활동으로 복귀할 것을 호소함. 10월 죽는 날까지 삶의 동반자가 될 체릇꼬프V. G. Chertkov와 교류.

1884년 56세 「광인의 수기」 집필. 논설 「그러니까 우리는 무엇을 할 것인가Tak chto zhe nam delat'?」 집필. 2월 장편소설 『제까브리스뜨들*Dekabristy*』 일부 발표. 4월 제네바에서 『참회록』 발표. 가족들 사이에서 고독을 느끼던 중 6월 아내와의 언쟁 후 스스로의 부르주아적 삶에 환멸을 느끼고 첫 번째 가출을 시도했으나 아내가 임신 중임을 우려하여 중도에 귀가함. 셋째 딸 알렉산드라 태어남. 11월 체릇꼬프를 비롯한 사상적 동지들과 함께 민중을 위한 책을 출간하기 위해 출판사 〈중재자*Posrednik*〉를 설립.

1885년 57세 중편소설 「홀스또메르Kholstomer」 집필. 〈중재자〉에서 출판하기 위해 우화 「촛불Svechka」, 「두 노인Dva starika」, 「바보 이반 이야기Skazka ob Ivane-durake」 등을 집필. 헨리 조지 Henry George의 저술을 읽고 토지 사유제를 부정하는 입장을 굳힘. 모스끄바에서 열린 제13회 이동전람회파 전시회 관람. 검열로 인해 〈중재자〉의 출판물 발행이 금지됨.

1886년 58세 교훈적인 단편소설 「세 수도승Tri monakha」, 「참

회하는 죄인Kaiushchiisia greshnik」, 「사람에게 땅이 얼마나 필요한가Mnogo li cheloveku zemli nuzhno?」, 「달걀만 한 씨앗Zerno s kurinoe iaitso」 등과 중편소설 「이반 일리치의 죽음Smert' Ivana Il'icha」 발표. 「이반 일리치의 죽음」의 주제에 대해 〈평범한 사람의 평범한 죽음에 대한 묘사, 묘사로부터의 묘사〉라고 밝힘. 소설의 한계를 느끼고 날카로운 주제성과 큰 감성적 풍요로움을 만들어 낼 새로운 장르에 대한 시도로 희곡 「어둠의 권력Vlast' t'my」을 창작함. 작가이자 사회 비평가인 꼬롤렌꼬V. G. Korolenko와 교류.

1887년 59세   레삔과 가르신이 참석한 가운데 「어둠의 권력」이 낭독됨. 레삔은 〈깊은 비극적 기분을 남긴, 인생의 잊을 수 없는 교훈〉이라고 평가함. 논문 「인생에 대하여O zhizni」, 「음주벽에 반대하는 합의안Soglasie protiv p'ianstva」, 중편소설 「크로이처 소나타Kreitserova sonata」 집필. 채식주의를 설파하고 몸소 실천함. 「어둠의 권력」을 〈중재자〉에서 출간하였으나 검열에 의해 공연은 금지됨. 작가 레스꼬프N. S. Leskov와 교유. 사회 활동가이자 뻬쩨르부르끄 법원의 검사였던 친구 꼬니A. F. Koni로부터 어느 매춘부와 젊은 사내에 관한 흥미로운 법정 실화를 전해 들음. 이는 후에 장편소설 『부활Voskresenie』의 모티브가 되는 에피소드로, 이때부터 『부활』을 구상하기 시작함.

1888년 60세   교훈적 단편들과 음주, 흡연에 반대하는 글들을 정력적으로 집필함. 「어둠의 권력」이 파리에서 연극으로 상연됨. 단행본으로 출간된 『인생에 대하여』가 금서로 규정되어 폐기 처분됨. 3월 여섯째 아들 이반 태어남. 모스끄바에서 야스나야 뽈랴나까지 도보 여행.

1889년 61세   희곡 「계몽의 열매Plody prosveshcheniia」, 중편소설 「악마D'iavol」, 논문 「예술에 관하여Ob iskusstve」 등 집필. 장편소설 『부활』 집필에 착수. 일기에 〈사회 구조의 정치적 변화란 있을 수 없다. 변화는 오로지 도덕적인 것, 인간 내면의 변화만 존재한다. 그러나 이 변화가 어떠한 방식으로 이루어질 것인가? 모두에 대해서는 아무도 모르지만, 자기 자신에 대해서는 모두가 알고 있다. 그런데 작금에는 모든 이들이 자기 자신이 아니라 모두의 변화에 대해 골몰하고 있다〉라고 기록함. 「크로이처 소나타」를 읽은 친지들이 부정적인 평가를 내림.

1890년 62세   중편소설 「신부 세르기Otets Sergii」 창작 개시. 일기에 다음과 같이 기록함. 〈「신부 세르기」를 시작. 거기에 푹 빠져 있다. 그가 지나온 정신적 상태가 매우 흥미롭다.〉『부활』, 「크로이처 소나타」 서문, 논문 「왜 사람들은 정신이 혼미해지는가Dlia chego liudi odyrmanibaiutsia」 등 집필. 옵찌나 뿌스띤 수도원에서 암브로시 장로와 면담. 검열로 「크로이처 소나타」를 저작집에 포함시키는 게 금지됨. 아내와의 대화 중에 자신의 저작권을 사회에 기증할 의사를 밝힘.

1891년 63세   중편 「신부 세르기」, 예술에 관한 글을 비롯하여 「굶주림에 관하여O Golode」, 「첫 걸음Pervaia stupen'」 등의 산문 집필. 제네바에서 「교리 신학 비판Kritika dogmaticheskogo bogosloviia」 출간. 중앙러시아 지역의 흉작으로 인한 기아 문제 해결을 위한 운동에 적극 참여함. 예술문학회 회원들의 도움으로 「계몽의 열매」 상연(스따니슬라프스끼K. S. Stanislavskii 연출). 저작권을 거부하고 1881년 이전까지 발표한 모든 작품의 저작권 포기 각서에 서명함.

1892년 64세   기근으로 인해 고통받는 주민들을 위한 구호 활동을 지속함. 구호 활동을 위해 음악회를 연 루빈시쩨인A. G. Rubinshtein과 교유. 제네바에서 『사복음서의 통합, 번역 및 연구 Soedinenie, perevod i issledovanie chetyrekh Evangelii』 출간. 논문 「하느님 나라는 당신의 내면에Tsarstvo Bozhie vnutri vas」 탈고. 부동산을 아내와 자식들 소유로 이전하는 증서에 서명함.

1893년 65세   논문 「종교와 윤리Religiia i nravstvehnnost'」, 「그

리스도교와 애국심Khristianstvo i patriotizm」, 단편 「세 가지 우화 Tri pritchi」집필. 모파상의 작품 서문을 씀. 스따니슬라프스끼와 교류. 레삔이 서재에서 집필하고 있는 똘스또이의 초상화를 그림.

1894년 66세 1월 부닌I. A. Bunin과 교유. 정교회에 의해 이단으로 간주된 영혼 구제파 신도들을 방문함.

1895년 67세 단편 우화 「주인과 일꾼Khoziain i rabotnik」 탈고. 2월 여섯째 아들 이반 사망. 8월 체호프가 똘스또이를 만나기 위해 처음으로 야스나야 뽈랴나를 방문함. 9월 영혼 구제파에 대한 탄압을 고발하는 공개서한 발표. 「어둠의 권력」이 러시아 곳곳에서 상연되고 호응을 얻음.

1896년 68세 1월 장편소설 『부활』, 희곡 「그리고 빛은 어둠 속에서 빛난다I svet vo t'me svetit」 집필. 8월 누이가 거주하는 샤모르지노 수도원을 아내와 함께 방문함. 샤모르지노 수도원에서 중편소설 「하지 무라뜨Khadzhi-Murat」 초고 완성. 에르미따시 극장에서 「리어 왕」과 「햄릿」 공연 관람. 똘스또이의 저작을 유포한 독자가 당국에 의해 체포되자 내무대신과 법무대신에게 독자들이 자신의 저작을 접할 수 있도록 허용해 달라는 서한을 보냄. 볼쇼이 극장에서 바그너의 악극 「지크프리트」 관람. 해당 작품에 대한 소회가 이후에 「예술이란 무엇인가Chto takoe iskusstvo?」에 피력됨.

1897년 69세 뻬쩨르부르끄 여행. 논문 「예술이란 무엇인가」 집필. 아내 소피야 안드레예브나가 작곡가 따네예프S. I. Taneev에게 매혹되어 속앓이를 하고 아내에게 가출할 뜻을 밝히기도 함. 러시아 전국 전도 대회에서 똘스또이의 종교적 지향이 사회적으로 매우 해로운 종파로 규정됨.

1898년 70세 뚤라현과 오룔현의 굶주린 주민들을 위한 구제 활동 지속. 기아에 관한 기사 발표. 영혼 구제파 교도들의 캐나다 이주 비용 마련을 위해 『부활』 집필에 몰두하고 잡지 『경작지Niva』에

실릴 『부활』의 원고료를 해당 교도들을 위해 기부함. 작곡가 림스
끼꼬르사꼬프N. A. Rimskii-Korsakov, 조각가 안또꼴스끼M. M.
Antokol'skii 등과 예술의 문제에 대해 논쟁. 3년간 중단했던 「신
부 세르기」 원고 집필 작업 재개. 가출할 방안을 구상하고 체릇꼬
프에게 그에 대한 언질을 줌. 70세 생일을 맞이하여 수많은 사람들
로부터 축전을 받음.

1899년 71세 『부활』의 집필을 위해 교도소 수감자를 만나고 임
시 수용소에서부터 니꼴레예프끼 역까지 죄수들과 동행하기도 함.
잡지 『경작지』에 『부활』이 연재되기 시작하지만 검열에 의해 많은
수정이 이루어짐. 릴케와 교류. 『부활』을 탈고하고 출간함.

1900년 72세 「우리 시대의 노예제Rabstvo nashego vremeni」,
「애국심과 정부Patriotizm i pravitel'stvo」 등의 논설 발표. 고리끼
와 교류. 희곡 「산송장Zhivoi trup」 집필.

1901년 73세 2월 종무원이 똘스또이의 파문을 결정함. 이에 「종
무원 결정에 대한 응답Otvet sinodu」 발표. 공장 노동자들로부터
다음과 같은 내용의 글귀가 적힌 유리 공예품을 받음. 〈그 사제장
들과 바리새인들이 저희들 원하는 대로 당신을 파문하게 내버려
두십시오. 위대하고 소중한 당신을 사랑하는 러시아인들은 영원
히 당신을 우리의 자랑으로 여길 것입니다.〉 3월 뻬쩨르부르끄의
학생 시위에서 많은 학생들이 잔혹하게 구타당하고 투옥되자 이에
분노하여 황제와 각료들에게 서한을 보내고 호소문을 작성함. 레
삔의 전시회에서 똘스또이의 초상화가 학생들의 인기를 모으자 전
시회가 금지되고 알렉산드르 3세 박물관이 초상화를 사들임. 자유
로운 학교를 꿈꾸며 다시 교육에 관심을 기울이던 똘스또이는 새
로운 교육 방식으로 여섯 가지 원칙을 제안함. 〈첫째, 종교 교육으
로부터의 보호. 둘째, 삶을 살아가는 방식의 교육(잘못된 습관적
예속 탈피). 셋째, 경제적 능력의 성장과 귀속으로부터의 해방. 넷
째, 예술적인 것. 다섯째, 노동. 여섯째, 위생.〉 7월 말라리아 감염.

9월 끄림 반도로 요양을 떠남. 10월 미하일로비치 대공과 교류하고 그를 통해 황제 니꼴라이 2세에게 토지 사유화 폐지를 요청하는 서한을 전달함.

1902년 74세   신앙의 자유에 관한 논설 「신앙이란 무엇이며, 그 본질은 무엇인가Chto takoe religiia i v chem sushchnost'ee」, 「노동하는 민중들에게K rabochemu narodu」, 「성직자들에게K dukhovenstvu」 등을 발표. 야스나야 뽈랴나로 귀향. 꾸쁘린과 교류. 「하지 무라뜨」와 「위조지폐Fal'shivyi kupon」, 단편소설 「무도회가 끝난 뒤Posle bala」 집필. 폐렴과 장티푸스로 병의 상태가 악화됨. 6월 야스나야 뽈랴나로 되돌아옴.

1903년 75세   회고록과 셰익스피어에 대한 논문 집필.

1904년 76세   러일 전쟁에 관한 기사 「재고하라Odumaites'!」 발표. 「하지 무라뜨」 탈고. 5월 메레시꼬프스끼D. S. Merezhkovskii와 기삐우스Z. N. Gippius가 야스나야 뽈랴나 방문. 8월 형 세르게이 사망.

1905년 77세   논설 「세기말Konets veka」, 「러시아에서의 사회운동에 대하여Ob obshchestvennom dvizhenii v Rossii」, 「필요한 것 한 가지Edinoe na potrebu」, 단편소설 「알료샤 단지Alesha Gorshok」, 「꼬르네이 바실리예프Kornei Vasilev」, 중편소설 「표도르 꾸지미치 노인의 유서Posmertnye zapiski startsa Fedora Kuzmicha」 집필.

1906년 78세   잡지 『독서계Krug chteniia』에 단편소설 「왜 Pochemu?」 발표. 11월 둘째 딸 마리야 사망. 이 상실감으로 인해 똘스또이는 점점 더 내면으로 침잠해 들어감.

1907년 79세   농민 자녀 교육을 재개함. 어린이를 위한 『독서계』 창간. 10월 똘스또이의 비서 구세프Gusev가 체포됨.

1908년 ^{80세} 똘스또이의 80세 기념일을 맞이하여 러시아 사회가 대대적인 축하 준비를 시작하지만 똘스또이는 자신이 추구하는 소박함에 어울리지 않는 이러한 상황을 견디기 힘들어함. 2백 년 동안 러시아에서 행해져 온 사형에 반대하여 선언문 「나는 침묵할 수 없다Ne mogu molchat'」 발표. 글의 서두 부분을 축음기에 녹음함. 〈아니다, 이것은 불가능하다……! 이렇게 살 수는 없다! 이렇게 살아서는 안 된다……! 안 된다, 다시 생각해도 안 된다.〉 선언문은 발표 즉시 모든 언어로, 전 세계에 퍼져 나갔고 이를 게재한 러시아 신문들은 벌금이나 탄압에 처해짐. 8월 밧줄과 함께 〈정부에 폐를 끼치지 말고 직접 행하라〉는 내용의 편지를 받음. 「폭력의 법과 사랑의 법Zakon nasiliia i zakon liubvi」, 「인더스강에 보내는 편지Pis'mo k indusu」 발표. 비밀 일기 작성. 다리가 불편해 걷기 힘들어짐.

1909년 ^{81세} 중편소설 「누가 살인자들인가Kto ubiitsy?」 집필. 8월 똘스또이의 비서 구세프가 다시 체포되고 추방됨. 마하트마 간디로부터 다음과 같은 내용의 서한을 받음. 〈저와 저의 여러 친구들은 이미 오래전부터 무력으로 악에 맞서서는 안 된다는 가르침을 믿고 있었고 또 지금도 여전히 그것을 믿고 있습니다. 게다가 저는 당신의 글을 읽을 수 있는 행운을 얻게 되었습니다. 그것들은 제 세계관에 깊은 인상을 주었습니다.〉 똘스또이는 간디의 부탁으로 무력으로 악에 맞서서는 안 된다는 내용의, 인도인들에게 전하는 호소문을 답신으로 보냄. 10월 유언장 작성.

1910년 ^{82세} 똘스또이의 유언장과 관련하여 가족들 간의 갈등이 일어남. 가족의 불화는 물론, 사유 재산을 부정하면서 모든 것을 누리고 있는 스스로에 대해 깊은 수치와 고통을 느끼고 집을 벗어나고 싶어 함. 2월 단편소설 「호딘까Khodynka」 집필. 4월 혁명가 안드레예프L. N. Andreev가 야스나야 뽈랴나를 방문함. 10월 28일 딸 알렉산드라와 가출. 모든 신문들이 똘스또이의 가출을 전했으며 그가 탄 기차마다 탐정과 기자들로 가득 참. 10월 31일 우랄행 기차를 타고 가던 중 건강이 급격히 악화됨. 아스따뽀보 역에 내려서 병상을 마련함. 똘스또이의 뜻에 따라 수도원장은 끝내 그가 누운 방에 들어가지 못함. 11월 7일 새벽 레프 니꼴라예비치 똘스또이 사망. 유지에 따라 야스나야 뽈랴나 숲에 안장됨. 시인 브류소프 V. Ia. Briusov는 그의 장례를 다음과 같이 회상함. 〈똘스또이의 장례로부터 전 러시아적인 의미를 박탈하기 위해 모든 수단이 동원되었다. 우선 서거 후 사흘간 다른 지역으로부터 온 사람이 야스나야 뽈랴나에 접근하는 것이 물리적으로 봉쇄되었다. 그럼에도 불구하고 수천 명의 사람들이 온갖 종류의 금지와 방해에도 아랑곳없이 걸어서 야스나야 뽈랴나를 찾아왔다. 그들 가운데에는 학생들도 있었고, 지식인들도 있었으며, 인근의 농민들과 노동자들도 있었다. 뿐만 아니라 1백 명이 넘는 대표 위원들이 모여들었다.〉 또한 전 세계의 애도를 반영하듯, 프랑스 일간지에는 다음과 같은 글이 실림. 〈병상에 누워 있는 그 어떠한 왕도, 임종의 고통을 겪고 있는 그 어떠한 황제도, 그리고 죽어 가고 있는 그 어떠한 장관도 이처럼 모든 이들의 뜨거운 관심을 받지는 못할 것이다. 그의 개인적인 삶은 그처럼 현대 인류의 모든 존재와 긴밀히 연결되어 있었다. 이것이 바로 그의 예술적 그리고 인류애적인 헌신과 공헌을 위해 생을 바쳤던 작가에 대한 존경의 표시였다.〉

열린책들 세계문학 238 이반 일리치의 죽음 · 광인의 수기

옮긴이 석영중 1959년 서울에서 태어났다. 고려대학교 노어노문학과를 졸업하고 미국 오하이오 주립대학교 슬라브어문과에서 문학 박사 학위를 받았으며, 현재 고려대학교 노어노문학과 교수로 재직 중이다. 저서로 『러시아 시의 리듬』, 『러시아 현대시학』, 『도스토예프스키, 돈을 위해 펜을 들다』, 『톨스토이, 도덕에 미치다』 등이 있으며, 역서로는 알렉산드르 뿌쉬낀의 『예브게니 오네긴』, 『대위의 딸』, 표도르 도스또예프스끼의 『분신』, 『가난한 사람들』, 『백야 외』(공역), 안똔 체호프의 『지루한 이야기』, 블라지미르 마야꼬프스끼의 『마야꼬프스끼 선집』, 스뜨루가츠끼 형제의 『세상이 끝날 때까지 아직 10억 년』 등이 있다. 뿌시낀 작품집 번역에 대한 공로로 1999년 러시아 정부로부터 뿌시낀 메달을, 2000년 한국백상출판문화상 번역상을 받았다.

정지원 1990년 서울에서 태어났다. 고려대학교 노어노문학과를 졸업하고 동 대학원에서 논문 「체홉의 문학과 의학」으로 석사 학위를 받았다. 현재 고려대학교 노어노문학과 박사 과정에 재학 중이다.

지은이 레프 똘스또이 **옮긴이** 석영중 · 정지원 **발행인** 홍예빈 · 홍유진
발행처 주식회사 열린책들 **주소** 경기도 파주시 문발로 253 파주출판도시
전화 031-955-4000 **팩스** 031-955-4004 **홈페이지** www.openbooks.co.kr
Copyright (C) 주식회사 열린책들, 2018, *Printed in Korea.*
ISBN 978-89-329-1238-7 04890 ISBN 978-89-329-1499-2 (세트)
발행일 2018년 12월 15일 세계문학판 1쇄 2022년 12월 30일 세계문학판 13쇄

이 도서의 국립중앙도서관 출판예정도서목록(CIP)은 서지정보유통지원시스템 홈페이지(http://seoji.nl.go.kr)와 국가자료공동목록시스템(http://www.nl.go.kr/kolisnet)에서 이용하실 수 있습니다.(CIP제어번호:CIP2018038855)

열린책들 세계문학
Open Books World Literature